馔
工厂

死于三十岁

Alla Fine Lui Muore

[意] 阿尔贝托·卡维利亚 著

姚轶苒 译

中国友谊出版公司

图书在版编目（CIP）数据

死于三十岁 /（意）阿尔贝托·卡维利亚著 ；姚轶
苒译. -- 北京 ：中国友谊出版公司，2024.8（2025.6 重印）
ISBN 978-7-5057-5852-0

Ⅰ．①死… Ⅱ．①阿… ②姚… Ⅲ．①长篇小说－意
大利－现代 Ⅳ．①I546.45

中国国家版本馆CIP数据核字(2024)第067598号

著作权合同登记号 图字：01-2024-2428

Alla fine lui muore by Alberto Caviglia
© 2021 Casa Editrice Giuntina
The Simplified Chinese edition is published in arrangement through Niu Niu
Culture and S&P Literary – Agenzia letteraria Sosia & Pistoia s.r.l.

书名	死于三十岁
作者	[意] 阿尔贝托·卡维利亚
译者	姚轶苒
出版	中国友谊出版公司
发行	中国友谊出版公司
经销	新华书店
印刷	三河市龙大印装有限公司
规格	889毫米×1194毫米　32开
	6.5印张　98千字
版次	2024年8月第1版
印次	2025年6月第2次印刷
书号	ISBN 978-7-5057-5852-0
定价	49.80元
地址	北京市朝阳区西坝河南里17号楼
邮编	100028
电话	(010) 64678009

如发现图书质量问题，可联系调换。质量投诉电话：（010）59799930-601

我从未料到，刚满三十岁的我，
竟然已经衰老了。

目录

第一章

变化

这一切的发生实在很难解释。即便我们谈论的不过是一年前的事情，但记忆仿佛已经遥远而模糊了。可是，脑海中的某些片段却又清晰如昨日。

一段时间以来，我的生活一直平淡无奇。十月将尽，虽然夏天还在做着最后的挣扎，第一批圣诞灯饰却已早早挂上了罗马街头。我不记得自己用了多久才意识到，一场悄无声息、无迹可寻的灾难即将永远改变我的生活。也许几天，也许几周，甚至可能是几个月，无法确定。

我敢打赌，在那段时间里与我来往的人中，没有人能预料到这一点。但说实话，那不过是屈指可数的几个人罢了。

　　直到一年前，我还在从事写作，或者至少是在尝试。我还拥有社交生活，尽管这种定义或许并不准确，但在所有人眼中，我应该算是个正常人，甚至可能是个成功人士。可以说，自从我童年时代起，人们对我寄予的所有期望似乎终于得到了证实。至少在人们看来，如果你写了一本出道小说，即使它平庸无奇，只要涉及一个足够有争议的话题，并以足够政治不正确的方式处理，评论界（如果当时没别的事情可做的话）会乐此不疲地点评；文章、采访甚至一些奖项，这些足以让你和身边人自欺欺人，让你认为收获了成功，让你自己以及周围的人相信，你自孩提时孕育的荣耀梦想正在实现，从那一刻开始，前路自会一帆风顺。

　　《犹太区的护身符》曾说服了所有人，而且由于身边人的感知是最具传染性的病毒，它所受到的礼遇很快也说服了我。当然，我绝对没有想到四年后自己会一切归零，"重温"默默无闻的困境。但有一个关键的区别：我苦涩地意识到渐渐地所有人都忘记了我。短短几年内，那个以巴斯克维尔旧体字[①]书写在极简主义封面上的"杜乔·孔蒂尼"，曾在首都的书店受到持续数月的关注，如今已经是一个无人记起的名字了。

但我努力不让自己灰心丧气。"你已经迈出这一步了"，所有人都坚持这样说，包括我的父母。退休以后，他们对我职业发展的评论越来越笼统，或许是因为它们主要是通过 TikTok（抖音海外版）表达出来的。一旦踏入社交网络的世界，他们似乎就无法通过其他方式进行交流了。

不是只有我父母这么想。在那些仍与我保持对话的人看来，我只要保持冷静，等待第二部小说的灵感，那它在阿根廷广场费尔特里内利书店的橱窗上显赫一时的日子便会再次来临。不过至今，那个灵感依然无迹可寻。

人人都说这是正常的，既然选择了写作这条雄心

---

① 巴斯克维尔旧体字（Baskerville Old Face）得名于十八世纪英国印刷商约翰·巴斯克维尔（John Baskerville）。这种西文字体具有优雅的衬线和清晰的笔画，彰显古典风格，为经典的印刷体（本书注释均为译者注）。

勃勃且充满变数的道路，我的处境不过是必经的自然过程。我的经纪人念咒一般重复着"耐心点"，我也尽了力。可是，什么也没发生。

尽管这种僵局令人泄气，我却将每一天都过得好像写作能力的缺失并不完全取决于自己。在某种意义上，我感觉自己是受害者，仿佛受到某种咒语的压制。我觉得自己正处于一个无法通过努力和坚持来改变的既定程序之中。一切都是注定的，我唯一需要付出的努力就是被动等待命运的引导，自然地达成目标。这个想法很快成了我的救命稻草。如果只要不费力气地等待就可以获得，又何必徒劳挣扎呢？

很快我意识到，真正的问题不是没有新点子，而在于一种更加实际且迫近的隐忧，如同夏日地平线上即将来临的暴风雨。

最近几周情况出现了奇怪的变化。尽管我还会在每天早晨自律地坚持填写几个无章可循的文档，可要给这样的日子赋予意义变得越来越勉强。一种难以触及的倦怠弥漫在客厅里，像一层无形的薄雾，日复一日愈加浓密，而不知不觉中我开始逐渐习惯。渐渐地，那种倦怠变得更容易忍受，叫人安心。最后，它几乎令人陶醉。整个下午，我倚坐在沙发上，腿上覆盖着一条菱形格毯子，目光迷离地凝望虚无。沙发宛如一张温暖的摇篮，或至少是我天真的想象赋予它如此印象。

我会花更多的时间站在窗前，在那里观察行人匆忙穿过街道，出入楼下的酒吧。我用眼睛追随着那些汽车，直到它们消失在新商业中心的工地路口，想不明白是什么促使人们狂热地穿梭整座城市，前往与他们的住所全然相反的方向。现在，我再也猜不到那些陌生人的目的地，也不再关心和推断他们生活的动力，尽管我一度认为自己在这方面颇有天赋。

米凯莱每次从健身房回来，总是一言不发地看着我，仿佛我成了客厅里一件蒙尘的装饰品。之后她便躲进自己的房间，打开那些让人难以忍受的音乐。这成了我们无数次争吵的焦点。她租住我的次卧已经两年了，但我们几乎从不对话。初时，我以为她是理想的室友：经常外出教肌肉男跳尊巴，又常常夜不归宿，在她那位凶神恶煞、满身刺青的男友家过夜。她也许习惯了我的厌世情绪，但显然并未适应我所期望的安静。因为她深夜归来时的嘈杂，以及与那些不三不四的朋友聚会后留下的凌乱厨房，我渐渐恼火。所以我下了逐客令，要求她年底时必须找到别的住处搬出去。

偶尔回想起来，我承认确实有一些预兆暗示了即将发生的事情。我出门的次数越来越少，更容易感到无聊，变得不耐烦，缺乏好奇心。但我并没有将这些行为与某个具体原因联系起来，直到我的身体也开始有所反应。

身体向我发送初级警报已经有段时间了。频繁的背痛、失眠、随季节加重的哮喘和过敏，以及从未彻底康复的流感：这些几年前我从未体验过的症状，开始越来越具侵略性地影响我的生活。随后又出现了一些难以归因于特定疾病的现象，像是骨痛、头痛、极度疲劳和晕头转向。我尿频加剧，对酒精的耐受度大减，常常使用口头禅，并开始经历尴尬的记忆空白。尽管医生轻描淡写，将一切都归咎于所谓的"压力"，但每一天都是那么单调无味，仿佛只是某个庞大过渡期片段，却说不清究竟要通往何处。身边的人显然已经察觉到我变得更加焦虑、暴躁，对社交也失去了兴趣。

正因如此，我坚决反对加埃塔诺为我组织生日派对的提议。我从来不喜欢派对，尤其是为我举办的。准确地说，它还有一个更令我厌恶的形式：惊喜派对。当时的状况下，我最不想看到的就是那些再无共同语言的人为我唱生日歌的场景。

而加埃塔诺甚至无法想象这一切。或许因为情商不高——我在我们建立友情的初期就发现了这一点——于是他固执己见，坚信虽然我不敢承认，但一场惊喜派对正是我内心深处所渴望的。近来仍与我保持联系的人很少，而也许正是由于对事实的认知有限，加埃塔诺便成了其中之一。他不会理解，他那些要将我卷入他的社交生活的不合时宜的尝试带给我怎样的感受。尽管那个总是紧追潮流的大男孩如此天真，对我的讽刺一无所知，我相信他也只是尽其所能地想找回曾经熟识的那个杜乔。

第二天醒来时，我回想起前一晚被骗去参加的那场尴尬的晚餐，宾客有十来人，显然也是经人苦苦祈求才会出席的。就在此时，我感到一个不可避免的转变已然完成。

在那个阴暗的秋日早晨，当我从那熟悉的迷离状态中醒来，远远听到工地上的噪声，我确切地知道发生了什么。

那时，我并没有真正感到担忧。就像任何一个醒来变成昆虫的格里高尔·萨姆沙① 那样，我沉沦在早晨的昏沉之中，凝视着房间里飘浮的灰尘。然后我习惯性地向一侧转过身去，以缓解背痛，接着起身站到浴室的镜子前。不，我并没有变成一只昆虫。说实话，我的模样没有发生明显的变化。然而，一切都已经永远改变了。

虽然我并没有如预期般感到害怕，却也为这种突如其来的变化所困扰。我没想过这种事情真的会发生，也没想到这样的大事件会发生在我身上。我从未料到，刚满三十岁的我，竟然已经衰老了。

---

① 卡夫卡小说作品《变形记》中的主人公。

第二章

容忍系数

从那个奇怪的清晨开始，种种矛盾的思绪开始交错，我困惑极了，甚至怀疑自己是不是疯了。我是在做梦吗？是不是加埃塔诺为我举办的那场令人尴尬的惊喜派对上那些该死的手工啤酒导致了幻觉？那些对我造成巨大冲击的感知，难道真的发生了吗？还是这一切只是我的想象？

虽然困难重重，我努力不让自己陷入恐慌。这种事不可能发生，尤其不可能发生在一个三十岁的人身上，我这样喃喃自语着，一边厌恶地盯着米凯莱堆在水槽里的脏盘子，一边往自己的伯爵红茶里挤了一瓣柠檬。最近几周，这种早餐取代了我喝了二十多年的糖霜牛奶。米凯莱打开房门，打断了我的思绪。她穿过客厅，后面跟着那个穿着紧身背心、被她称为男朋友的肌肉袋子。我注意到他们看我的眼神不同寻常，几乎像是面对着一个陌生人。

"水槽里的盘子……"话没说完，门已经关上了。

我又落了单，疑虑再次涌上心头。有办法回到过去吗？那种几天前看似还没有到达关键转折点，如今却突然接近终点的生活，我还来得及重新拥有吗？是的，在那种生活里，我将时间视为一个沉默的友伴，它似乎永远陪伴着我，供我肆意挥霍。那是一种充满舒适、拖延、借口以及对自我无限纵容的生活。

听到米凯莱与她甜蜜的另一半走出大门时，一个新的问题第一次浮上心头：我真的想回到过去吗？我真的还想继续过那种我总是抱怨，已经找不到意义的生活吗？

有时，逆境是唯一能唤醒我们的方法。我们竭尽全力试图避开它，绕过它，甚至消除它，因为深入骨髓的是我们不想放弃期望。但如果我们能够真正去倾听，以更加开放和善意的态度面对世界，肯定能在那些常常被我们忽视的小事中找到幸福……行了，没必要自欺欺人。这些都是说给遭遇困境的人听的废话，是对正在经历生存危机或者情感打击的朋友的说教。每当做完这些，走在回家的路上，我们会感到自己得到了升华而满心自豪。可当需要应对自己生活中的糟心事时，我们却把这些道理忘得一干二净。

正因为这样，恰如最老套的故事情节一般，第一阶段的表现是拒绝。有好几天，我寻求各种方式来说服自己，我害怕的事情并没有发生，笨拙地试图延续之前的生活。我想用夸张的举止证明自己仍然属于某一类人，但显然已经格格不入。当回想起自己为了确认一切只是错觉，是那样地可悲可怜，我就会深感尴尬。到头来，正是这些尝试坐实了我最糟糕的预感。

我已经放任自己太久了。我每天很晚睡觉，大白天也待在屋子里；我总是订外卖，这样就可以避免进入厨房，那地方现在完全是米凯莱乱糟糟的天下了；我不再做任何运动，连续几个星期都穿着同一件毛衣；我绝对避免出门，通过电话订购所有生活必需品，即便商店就在楼下。

那时候，我认为唯一的解决办法是通过严格的作息来调整生活方式。它是我困难时期的一剂良药，正是凭借它，我才完成了自己的第一部小说。

第二天我早早起床，从果盘里拿出一个橙子，给自己榨了一杯果汁，然后打开收音机。我笨拙地哼唱着并不熟悉的歌曲的副歌，从衣柜里取出一个积满灰尘的健身垫。我原地跳跃，几秒钟后就开始气喘吁吁，但我并没有受到打击，而是交替完成了一系列腹部练习和俯卧撑。我告诉自己："健康的心智寄托于健康的身体！"我坚信已经摆脱了大部分令自己焦虑的恐惧。可当开始做第二组俯卧撑时，我的肩胛骨下方发出了一个奇怪的声音，导致无法用力。紧接着一阵疼痛蔓延到我的前臂，迫使我停下。那一天的剩余时间，我都因为疼痛而无法写作。我想，大概是我过度运动了，应该循序渐进才是。

不久后，我决定去逛超市。购物的流程早就生疏了，所以我花了很长时间才把购物车装满。货架上摆满了有机食品：藜麦、玉米面条和科洛桑小麦面包。这些食物主要受到年轻人的追捧，他们现在似乎只吃包装上标有"全麦"或"有机"字样的产品。我也赶赶时髦，买了一些蔬菜丸子、水果和标注为"纯天然"的鹰嘴豆，尽管我并不清楚那意味着什么。

回家的路上，我用没受伤的手臂提着两个购物袋，不禁思考为什么如今人们还不使用更方便的容器来运送食物呢？为了避免路过新力量党[①]的办公室，我像往常一样绕了一大圈。自从他们在蒙特韦尔德老城设立办事处后，我一直尽可能躲开那些整天盯着路人、面露凶恶神色的成员。

经过建筑工地时，我发现透过围栏能看到曾经那片被遗弃的公园。夏季过后，那里出现了一个深达十五米的大坑。一个公告牌展示了即将建设的商场的模样。不过，在罗马建筑工程往往进展缓慢，天知道它何时才能完工。我承认最近每次途经这里，都能感受到某种奇

①　新力量党（Forza Nuova）是一个意大利的极右翼政治组织，建立于二十世纪九十年代末。该组织以反移民、民族主义和传统天主教立场而著称。

特的气场。这是一种我从未关注过的、难以名状的感觉。每当听到围栏那边施工的嘈杂声，都仿佛有种无形的微妙召唤浮现在我的心头。我第一次决定追随那神秘的召唤，沿着一条供施工人员使用的土路走进去，直到看见一道金属围栏，上面挂着一张写着"禁止入内"的巨型标牌。我专心地看着一台自顾自辛勤工作的挖掘机时，突然感应到有人出现在我身后。

想到能与他人分享那一刻的感受，我颇感欣慰。这大概跟看电影的原理相通，很多人认为与他人同场看电影无甚特殊，但只有当你真正坐在电影院里，才会明白这种共同的体验是何等有意义的事情，即使是与陌生人一起。不过当那个身影靠近时，他的举动却吓了我一跳。

"别多管闲事。"一个穿黑色雨衣、戴一顶遮阳帽的老头突然在我身旁说道，语气中突如其来的怒气和他冰冷的眼神令我一时手足无措。于是我结结巴巴地道了歉，就匆匆离开了。直到跨进家门，我才开始猜想那人的意图。可能他是在保护他的领地，向我划明那条被我无意中跨越的界限。但他的疾言厉色或许还有更深的含义：那位突然出现的示威者并不认为我有权越界，简而言之，他不认为我是"他们"当中的一员。这种想法让我松了口气。

我的夜生活早就大幅减少了，每次出门都越来越艰难。我必须克服内心的抗拒，自我激励，最后强迫自己。即使做到了，大部分时候我都会深感后悔。总之，我似乎再也找不到令人信服的理由离开家了。但那天晚上我必须这样做。

不可否认的是，无论年龄和社交倾向如何，在准备外出之前，我们都会考虑一系列因素。其实，在推开家门前，每个人都会在内心反复盘算。我个人把这样的计算结果称为容忍系数（CDS[1]）。

CDS 表示一种比例，指人要详细考虑某次出门可能遇到的利与弊，依此判断是否值当。我们也许并没有意识到，即便是去最近的地方，也有很多变量需要考虑。

这些因素包括路程的长度、外部温度、出门时的疲劳程度，以及要见的人、可能回家的时间、出门后可能

---

[1]　意大利语 coefficiente di sopportazione 的首字母缩写。

做的事情。

例如，在一个温暖的夜晚，去一家离家不太远的比萨店吃晚餐的计划对应的 CDS 值相对较低。但如果计划是去市中心喝一杯，再在一个荒谬的南美寿司融合餐厅吃饭，最后不知道几点去某个聚会点听 DJ 音乐会，那它的 CDS 值可能会爆表。

而随着时间的推移，我在每次出门前感知到的 CDS 值开始显著提高。很快，甚至周日下午去电影院也变得无法承受了。基本上，在过去的几个月里，外出几乎是不可能的。

正因如此，那天晚上，我决定全力以赴，经过一番自我说服后拿起了电话。

"你在开玩笑吗？"当我提议去见他时，加埃塔诺简直不敢相信。同时，背景里的嘈杂声让我确信他正像往常一样在外游荡。

"不是……"

"那你这三十岁算没白过！来卡里斯托，我会给你安排一个特别的晚上。你都不知道周围有多少辣妹……"

"多少什么？"

"赶紧的。"

他已经很久没有邀请我去那种场合了，我想大概是在某个时刻，他对我屡屡缺席感到绝望，于是我们的关系就变成了社交软件上单纯的信息来往。我用我的借口和拒绝垒起一道越来越高、难以逾越的墙，而他那些不切实际的提议也只能不断碰壁了。

到达特拉斯提弗列区[①]，我停好小摩托，肩膀又感到一阵剧痛。更糟糕的是，我发现过去几天以为已经缓解的喉咙痛复发了。寒冷沁入我的骨骼，我想现在我不得不承认继续骑摩托出行有些轻率了。这一晚我最好还是悠着点，打个招呼，聊上几句，过一个小时左右就可以舒服地回家了。可当我跟加埃塔诺一碰面，避免喝酒的计划立即泡汤了——他正端着我的斯普里茨酒迎接我。我刚准备开口拒绝，他的朋友们用目光制止了我。除了几张熟面孔，有两个神情怯怯的女孩正抽着烟，彼此

---

① 罗马第十三区，位于台伯河右岸，梵蒂冈城以南，以狭窄的街道、古老的建筑、热闹的夜生活和迷人的氛围而闻名。

闲聊。

"看见了吗？那个矮个子的，我昨天在 Tinder[①] 上加了她，西班牙人，欧盟项目交换生，很漂亮吧？"

"非常漂亮……她叫什么？"

"卡尔丽塔、卡曼琪塔之类的吧。来，我给你介绍一下，我觉得她的朋友也在寻找目标……"

加埃塔诺没有给我拒绝的时间，直接把我带到了他新搭上的女孩面前。

"这是我朋友，杜乔。他很有名，是个作家！"

"很高兴见到你，我是孔苏埃洛。"

加埃塔诺的一个朋友从店里走出来，手上托着一盘子小杯烈酒。刚才那杯斯普里茨已经让我犯了晕，我原本不打算再喝的。可孔苏埃洛的朋友发现我是唯一一个没有举杯的，就拿起一杯递给了我，我实在无路可退。

在人类众多无意义的行为之中，喝小杯烈酒在我看来至少应该位列三甲（肯定比惊喜派对更胜一筹）。一口吞下四十毫升冷冰冰的伏特加，逻辑上毫无缘由，也

---

① 一款社交软件。

不是输了什么赌局的惩罚，甚至还要自掏腰包，图什么呢？

要说这种自虐行为还有什么积极意义，那就是让我下定决心，这会是我一生中的最后一杯烈酒。但它完全出乎我意料的坏处是，伏特加竟会从我的鼻子里喷出来，让我当着所有人的面呕吐起来。我还俯身倚靠在卡里斯托酒吧的花箱上的时候，听到加埃塔诺走了过来。

"杜乔，没事吧？"

"没事，放心，可能是我喝得太快了。"我尽量显得无关紧要。

"你需要在哪里坐会儿吗？"

"不用，我搞得定！不过我最好还是回去吧，突然想到明天得早起……"

"那怎么行？'核战术企鹅'要在'大脑袋'演出呢！孔琪塔跟她朋友也去！"

"核战术什么？"我擦着鼻子，泪汪汪地问道。

"那个乐队！"

在那次极度尴尬的经历后，我终于假装若无其事地脱了身。但在回家的路上，我觉得自己就像被一个行刑队的子弹打穿了似的。

那晚我瑟瑟发抖地躺在沙发上，喝着柠檬蜂蜜味的塔其夫流特^①（如今已经取代了我的晚安草药茶）。从米凯莱的房间传出令人头疼的噪声，也许她也在听那些"企鹅"……看到乱作一团的厨房，我估计她大概是跟"野蛮人柯南"在一起。

手机弹出的通知告诉我，@Stefy52^②刚刚发布了一条新动态。我心不在焉地打开了应用程序，看到我妈妈和 @TheRealGianni^③ 在一个奇怪的埃及主题房间。我父母似乎和一群朋友一起参与了某种角色扮演游戏。标签是：＃密室逃脱，＃新鲜体验，＃疯狂星期六。想象着人们看到他们在这个时间还出去游荡，我觉得很是尴尬，更不用说他们选择的那些可笑的昵称了。要知道，自从加埃塔诺强迫我安装 Instagram^④ 以来，我甚至还

---

① Tachifludec 是一种在意大利用于治疗感冒症状的非处方药，通常以袋装粉末形式出售，可以溶解在热水中饮用，有不同的口味。

② Instagarm 账户名称。

③ 同上。

④ 一款社交软件。

不知道怎么发动态。

　　看着他们在密室里解决谜题，兴奋得像一群到了饭点的猴子，我突然意识到自己完全忘记了答应他们周末一起吃晚饭的事。在冒失地前往秘鲁旅行之前，@Stefy52 和 @TheRealGianni 原本想为我庆祝生日的。类似的记忆空白已经连续发生了好几次。鉴于 @Stefy52 至少提醒了我三十遍，情况实在令人不安，但不安程度显然比不上这顿晚餐本身。

第三章

家庭问题

在那怪异的一周之后，我最不想做的事就是去吃这顿晚饭。可以肯定，我必然又要经历跟孔蒂尼家族不可避免的闹剧，如往常一样心情极度沮丧。

电梯突然停下了。我住在二楼，去看望我的父母时从来不坐电梯。但因为沉浸在思绪中，我竟然无意识地按下了按钮。

好吧，是我反应过度了。这只是一次普通的家庭聚会，我必须立刻抑制住那种审判的冲动和与加埃塔诺见面后逐渐累积的冷淡。走上楼梯，我想我可以利用这个时刻。这是我的机会，是我走出那个困扰思维循环的完美时机。就是在那里，我会证明自己还是原来的杜乔。

@Stefy52 和 @TheRealGianni 就在门口等着我，现在他们已经完全沉浸在网络生活中，以至于在我看来仿佛拥有了新的身份。

"对，当然，老虎油和橙皮煮沸……"@Stefy52 正在通电话。她挥手向我打招呼，脸上带着一种夸张的微笑，为这一通晚餐时间的"工作"电话表达歉意。自从突然变身整体疗法师并开通了个人主页，她对她所谓的"粉丝"投入了全天候的热情，她的孩子们都没享受过这样的关怀。

与此同时，@TheRealGianni 拿着一盘粉红胡椒三文鱼挞欢迎我，它们的照片肯定已经在他的社交媒体上流传，收获了许多陌生人的赞。

"我的大作家来了。生日快乐，杜乔！新小说进行得如何？"

"还好，谢谢。"

"卡洛塔和玛格丽塔也带着孩子们来了，她们想给你一个惊喜！"话说得好像在客厅里的不是我的妹妹们，而是大卫·福斯特·华莱士和菲利普·罗斯。"这种对惊喜的痴迷肯定是失控了。"我一边这样想着，一边被淹没在侄子们狂野的尖叫声中。没错，杜乔·孔蒂尼，那个被寄予厚望的儿子，其中包括拥有人数众多且身体强壮的后代，甚至被他的妹妹们超越了。最近几年，他的许多亲戚像喝醉的兔子一样生个不停，仿佛接下了在核灾后重建地球的任务。这还不够，她的妹妹们也加入了，已然生下了四个，第五个也即将诞生。妈妈们把他们打扮得贵气十足，像对待希腊神祇一样精心照顾。这些孩子加上我一众表亲的孩子，在短短几年间数量剧增。鉴于我的记忆力越来越差，我不得不根据他们的年龄在心里给他们编号。

我的脖子总算可以舒舒服服地靠在真皮切斯特菲尔德沙发上了。@Stefy52 还没结束通话，却同时点燃了她的熏香。当广藿香的烟雾弥漫开来，我看着我的侄子二号先是用凶恶的表情打量了我一圈，好像在问"这家伙是怎么进来的？"然后开始用枕头拍打侄子一号和五号，像个疯子一样大喊大叫。我的妹妹们正热衷于翻看手机里的照片，完全无视我的存在，似乎即便客厅中央着起火来，她们也毫不关心。

"杜乔！生日快乐！"卡洛塔发现了我，说道。

"谢谢。"我回答，同时在心里开始倒计时。

"新小说进展如何？"

果然来了。

"很好，谢谢。"

"我已经迫不及待了，肯定比第一本更好看。"

"你们在看什么照片？"

"是格拉奇娅的婚礼！可你为什么没来？"

在过去的一年里，我不再参加婚礼，尤其是亲戚们的婚礼。你可能会认为这不太礼貌，甚至是十分忤逆的行为，但我的立场非常坚定。理由是我觉得婚礼这件事并不合理，不是说我不认为它没有意义，而是我不认同有必要把数百名宾客绑来一整天，强迫他们穿上不舒服的衣服四处展示自己的喜悦。

问题是这种想法在社会上不被接受，为了避免造成人际纷争，我们不得不编造借口来掩饰自己的真实想法。我们的表亲格拉奇娅在豪华的米亚尼别墅举行了她期盼已久的婚礼，而我宁愿被钉死在十字架上，也不想陷入那些华丽的装饰、家庭合影和犹太舞蹈中。

"真是不巧，我感冒了……婚礼怎么样？"

"棒极了，你真该看看那支乐队！"

"我完全可以想象！"我说。

想到他们可能为此卖掉了一个肾脏，我心中默念：真是谢谢了！

我的表亲们为了结婚而选择的豪华场所总会令我惊讶。他们邀请了几百个宾客，大概是觉得自己还生活在文艺复兴时代的宫廷里。他们有的在米亚尼别墅结婚；有的选择了喜来登高尔夫酒店和从布鲁克林来的克莱兹梅乐队；有的去了阿布鲁佐的城堡；甚至还有一位租了一架飞机，将包括住在康涅狄格州的十五代亲戚在内的所有宾客带到巴哈马。

孔蒂尼家族的所有成员总会给自己设定一个远大计划并致力于实现它，无论是结婚、生子，还是在加尔达纳山谷购买度假屋，都可能进入计划之中。而我在过去的一年中完成的最实际的事情，可能就是办了Esselunga超市的积分卡。

在孙辈们仍然吵闹不休的时候，@TheRealGianni

开启了他的脸书直播，在场的所有人被自动纳入他的直播内容。他向观众宣布自己为晚餐制作了芦笋薄饼和盐烤大马哈鱼，大概他真的相信在这一刻，世界上确实有人在关心他那天晚上做了什么菜。在一个公正的社会里，未经授权就把你推上互联网直播的人应该被逮捕，不需要审判。没错，即使他们是你的亲戚，你也知道他们会面临的后果。

"为什么他们就不能管管？"我看着那些继续大喊大叫不肯坐下的侄子心想。一阵恼人的头痛突然涌来，仿佛让我从这里原地消失的理由还不够似的。我的目光与正抱着侄子七号的 @Stefy52 交会了。"杜乔！"她在客厅另一边大喊，"你什么时候能给我生个小孙子啊？"

"快点吧，杜乔，还不赶紧行动起来，这样孩子们就能一起玩了！"正怀着孕的妹妹玛格丽塔又在火上浇油了。她总是沉默寡言，但一开口就是对别人的事情指手画脚。

"好，谢谢！"我笑着回答，一阵胡言乱语让容忍系数飙升，远远超过了当晚的预期上限。

一坐上餐桌，我满脑子想的都是回家钻进毛毯里。与此同时，侄子一号开始扔面包块挑衅其他侄子。卡洛塔像谈论天气一般轻松地对玛格丽塔列举自然分娩的好处，似乎眼前的事根本与她无关。

终于，那道备受赞誉的盐烤大马哈鱼上了桌，吃完这道菜我就可以告辞了。我伸出叉子准备夹菜……

"杜乔，你疯了！"@TheRealGianni 警告说，"我花了那么长时间！"他说着拿出手机，推开面包篮，以获得更好的拍摄视角。

"等等，杜乔，你挪一下，你的影子落在鱼上了；斯苔法尼娅，把另一盏灯也打开。"他说着，选了一个最合适的滤镜来拍摄那条鱼。如果那条鱼能看到这一切，可能会怀疑自己究竟是如何沦落到这张桌子上，来喂养一个比它低等得多的物种。

我的头快要爆炸了：侄子五号把蛋黄酱撒在了桌布上；侄子一号抓起我的餐巾，跟侄子二号合伙假装擤鼻涕，笑声震耳欲聋；也许是因为感到受了忽视，侄子七号开始哭闹，把大伙儿的注意力重新吸引到自己身上。

冷静！我不停地告诉自己，脸上挂着虚假的笑容，生怕其他人读懂我的想法，并发现我正在琢磨怎么"弄死"侄子一号。等 @TheRealGianni 终于找到正确的角度，而鱼已经凉了的时候，我们总算可以开动了。

"杜乔，你的感冒好了吗？你试过我给你那瓶芳香疗法的精油了吗？" @Stefy52 问道，看都没看我一眼，紧接着给她的一个粉丝发了一条语音消息。

"真是灵丹妙药……"我撒了个谎，其实根本记不起那东西去了哪儿。

"听说在库斯科可以找到非常好的，我得记住从印加之路回来的时候给你买点！"她说。而此时在我的背后，侄子二号正对我拳打脚踢。

"这都叫什么事儿？"我叹了口气。是那些小鬼真的如此难以忍受，还是我突然之间无法容忍他们了？我想象着自己的举动会如何让等待着反应的同桌人感到惊奇，转向侄子二号并向他眨眼示意。我没有就此止步，而是用我可能做出的最不自然的动作向那个卷发的小孩示意击掌。

现在，所有人都应该明白了：我很平静，很高兴能在这里，我爱我的侄子们，我是世界上最有活力、最年轻的人！

"这裙子漂亮极了！"玛格丽塔还在翻来覆去地看着那些婚礼照片，卡洛塔评论道。

"那你准备什么时候找个好姑娘？"玛格丽塔问，仿佛是为了印证我对她的看法。

"等着瞧吧，巴哈花精油会打通你所有的脉轮！"@Stefy52喋喋不休地给不知道什么人发送了又一条语音信息。

"大家看这里！"@TheRealGianni准备给我们拍照，而此时侄子一号站到椅子上，正对着我的脸，一咂舌溅了我一脸口水。

"够了！！！"我用尽全力地大声喊道，猛地一把抓住侄子一号的衬衫。

第四章

在世界的中心

　　如果回忆我的小学时期，首先浮现在脑海中的是一张占据了我们班一整面墙的巨大地图。这是一张世界地图，标注了所有的国家和大洋。在那时，这些地方对我来说是抽象的，我很难念出它们的名字。

　　人如果在同一个房间里度过很多时间，往往很容易厌倦挂在那里的画作和印刷品。尽管那幅地图已经褪色磨损，但我还是喜欢它。我坐在最左边的第二排，花了很多课堂时间来观察它。

　　我是个专注的孩子，不是特别活跃，但肯定在入学之初对学校的新奇事物感到好奇。有时，我的温和性格被错误地解读为内向和智力高于平均水平的标志。不管怎样，我喜欢在那个教室里度过上午。

我不知道你是否注意到地图上的一个细节，我一直认为它很奇特：意大利位于地图的中心。不是靠近中心，而是正好在中心位置。我的意思是，如果你在地图上画一条垂直线，将地图分成两半，这条线会恰好穿过意大利。

如果你注意到了这一点，也许会认为这是巧合，或者因为这些地图以及你观察过的所有其他地图都是在意大利印制的，或者至少是在欧洲。也许你觉得，如果你在美国或日本上小学，所见地图的中心国家也会在那里，而意大利将出现在一个不起眼的位置，甚至可能很难找到。但我不这么认为。

我九个月大就开始走路了，刚满一岁就能说出完整的句子。这是我十三个堂（或表）兄弟姐妹甚至我的姐妹们都没有达到的纪录。这种早熟立即使周围人对我的未来产生了期望。而我在学校最初几天就展现出的学习能力，又进一步支持了这种假设。

我对历史和地理的基本概念产生了兴趣，便又发现了更多有趣的细节。我意识到我不仅仅是出生于印在那张地图中央的国家。我出生在罗马，它位于那个国家的中心，是它的首都。这个城市孕育了历史上最伟大的帝国。它是贸易、城市规划模式和文化的中心，对随后几个世纪整个欧洲的命运产生了影响。它是帝王之城，《甜蜜的生活》①以它为背景展开，它也是世界上主要的旅游目的地。

还不仅仅是这样。很快，我意识到自己并非出生在罗马的随便什么角落。我长大的家位于阿雷努拉街，就在罗马老城中心。这条街从加里波第桥开始，一直延伸到阿根廷广场，界定了古老的犹太区的范围。这是城市最古老的社区之一，与犹太社区密不可分，而我也是其中的一员。

总之，我出生在永恒之城的中心，属于这片土地上

---

① 电影《甜蜜的生活》（意大利语片名为 *La Dolce Vita*）是一部一九六〇年的黑白电影，属于符号主义作品，通过丰富的意象、象征来描述角色的内心世界和整个社会的情况，也是著名导演费德里科·费里尼（Federico Fellini）的代表作之一。电影讲述了意大利记者马塞洛生活在罗马，经常陷入空虚和失望中。这个角色经常被认为是费里尼的自画像。

最古老的一神信仰宗教。那个被拣选的民族，摩西爬上西奈山后，把律法板交给了他们。那个民族，因为不耐烦等他回来，或者怀疑他面对重任选择了逃避，为了打发时间开始崇拜一头金牛犊。那个民族，为了赎罪，被迫在沙漠中漫漫流浪四十年，才到达应许之地，尽管那地方实际上就在附近。总之，是那个自那时起，在再次惹怒老大之前会三思的民族……还是回到正题吧。

　　尽管位于古老的犹太区，但我在阿雷努拉街的家却朝着相反的方向。在某种意义上，它眺望着"远方"。我的房间朝西，面向贾尼科洛山的高地。在地平线上那些柳树的金色树冠的彼端，我发现了一条直线航线，先是穿过西班牙，然后是大西洋，接着……就是美利坚合众国了。那是现代化和机遇的土地，是海明威和斯科特·菲茨杰拉德的故乡。

　　我一直相信自己出生在世界的中心。我觉得自己是个被拣选的人，注定要出类拔萃，成就一番伟业，留下不可磨灭的印记。随着时间的推移，这种信念更是被亲人、老师、朋友和任何与他们接触的人的认同所放大。在他们口中，我是个天赋异禀的神童，拥有一切取得成功的条件。在庞大的孔蒂尼家族中，我就是被所有人寄予厚望的那一个，他们指望着我能够光宗耀祖，开枝散叶。

人们对我的期望与日俱增，像一团从山顶滚下的小雪球一样越滚越大。不知不觉中，随着时间的推移，它已经变成了毁灭性的雪崩。直到它吞没了我，导致我对侄子一号爆发出野蛮且失控的怒吼时，我才意识到它的力量。

我向卡洛塔道了歉，在结束晚餐后快快不乐地往家走去。经过蒙特维德·维吉奥区绿树成荫的宁静街道时，我终于彻底想明白，不能再继续这场闹剧了。无论多么困难，我必须面对现实。我不能继续欺骗自己和家人。我不能再给他们仍有一线缥缈希望的错觉，只为迎合他们的期盼。现在没什么可做的了，我已经掉队了。而我所经历的一切让自己看清了一个简单的事实：这次掉队已经无法弥补了。

如今的状况下，我怎么还能计划遇到一个"好女孩"，并用一份像婚姻那样的无限期合同来束缚她的一生呢？我怎么可能再把一个孩子带到世上，全然不考虑我的沙漏里还剩多少沙子，而这样的选择又是多么自私呢？

在那个寒冷的秋夜里，唯一令人安慰的想法是，我很快就能重新钻进我的毯子了。

第五章

老去的勇气

　　尴尬的家庭聚会结束后的第二天，最阴郁的思绪开始在公寓里盘桓，就像那些长久以来在木地板上自由漫游、无人打扰的尘埃绒毛。那一刻的失落和无力感是我自认为不可驾驭的野兽。有一件事是确定的，就是如果我继续放任自己懒散和绝望，无疑将深陷泥潭。

　　然而，从那天早晨开始，一种来自意识中某个未知角落的声音告诉我，我不能放弃努力，向遗忘妥协。尽管质疑自己的生活方式，但我必须找到继续前进的力量。即使那个鼓励我寻找积极意义的声音如此刺耳，就像一位拉比在犹太逾越节期间，试图用香脆的无酵饼安慰面对不吃发酵食物禁令的你，我知道自己必须听从他。但是这怎么可能？在那一刻，我举着放大镜也看不到任何积极的方面。我努力说服自己，不是所有的坏事都是为了制造伤害，就算真是那样，总有一些人可以幸免……可随着那个声音逐渐变得急促，就像一个人在夜晚的树林中呼唤自己走失的猫一般，我开始想，可能再也没有什么可以做的了。没错，我的生活提前结束了。在这样显而易见且无可避免的情况下，我还能找到什么积极的方面呢？那些被诊断出患有不治之症的人，在经历了一段绝望的挣扎后不得不面对命运。我与他们又有什么区别呢？

我尝试继续工作，把疼痛的背部靠在腰枕上。我重新阅读了一个不太满意的段落——半页纸，这就是我整整一周的产出。一条通知弹了出来，我不情不愿地解锁了手机。@TheRealGianni 正在菲乌米奇诺机场直播。他的镜头对准了 @Stefy52，后者背着一个笨重的背包，户外鞋和便携式炊具系在两侧左摇右晃。他们宣布即将前往秘鲁，依次问候了我的妹妹们、玛格丽塔即将出生的孩子和我姨妈的猫，随后 @Stefy52 提到了我："杜乔，乖乖的，记住我们还等着你的第二本小说！"

我重新回到电脑屏幕前，上面展示着我那成果欠佳的早晨。我恍然大悟。虽然很难接受这一事实，但它揭示了迄今为止一直困扰我的源头：写作。

从很久之前开始，我的快乐完全依托于此。如果早上我能写下十几行，就会从一直萦绕着我的愧疚感中解脱出来几个小时。如果我连这个最低限度都做不到，就没有任何东西可以让我远离那种焦虑。现在情况不同了。一言以蔽之，尽管令人痛苦，但我必须承认自己永远不会成为一名作家。更准确地说，我必须接受一个现实：虽然我曾短暂地达成作家的梦想，但现在不该再对此抱有期望了。所有人都在期待我的第二本小说，认为它能使我名利双收，可我不能再执迷了，不能再继续被到达巅峰的梦想所蒙蔽。我必须清楚地认识到，自己已经达到了巅峰。虽然它远比我梦想的要低得多，可《犹太区的护身符》在那里立了碑。那个巅峰，不仅不再遥远，而是已经被征服并成为历史。

如果那晚我拒绝了加埃塔诺的邀请，没有跟他新认识的西班牙女友一起去参加那场有"很多辣妹"的留学生派对，我大概永远无法向现实妥协。

晚上，我一边把一勺止咳药加进茶里（或者说把一匙茶放进止咳药里），一边心不在焉地换着台。我偶然看到一部国家地理在阿根廷拍摄的纪录片，讲述了著名的"手印洞穴"，一个我从未听说过的地方。这个洞穴位于巴塔哥尼亚的心脏地带，里面发现了一万多年前人类的手印。这一系列清晰可见的手印镶嵌在一面巨大的花岗岩壁上，是在一个被描述为古老而神奇的仪式中创造的。那是一种灵性的、充满诗意的仪式，所有洞穴的居民都参与其中。

这些手印打开了我的视野。突然间我意识到自己犯了一个巨大的错误，一个似乎从古至今一直被人们不断重复的错误。

许多人花费了生命的大部分时间来探寻生活的意义。有些人在哲学、宗教、星象方面探索，抑或部分人在阅读了数百本书、苦思冥想多年后总结出的个人观点中寻找答案。我们可以编造任何想要的故事，但却找不到绝对的答案。除了一些宗教极端分子，也许还有一些即使穿着拖鞋出门也满不在乎的人。大多数人都不可避免地陷入同样的结论：渴望成为主角。我们相信存在一种天意，以某种方式注定我们要在这个世界上扮演关键角色。而我们察觉到自己在有生之年无法履行这个角色时，往往会荒谬地将生命投入到一件能在我们离开后留下印记的事情，并错误地认为自己有能力做到这一点。我们把所有希望都寄托在自己身上，依赖我们自认为的能力，坚信我们是被误解的，注定要取得伟大的成就，即使在死后。我们终其一生，仅仅是为了在逝去后被人铭记，受人爱戴，仿佛我们能从中得到什么好处。你认为切·格瓦拉 [①] 会乐意看到一群连他的出生地都不清楚，成天吞云吐雾、醉生梦死的年轻人穿着印有他面孔的 T 恤吗？你认为吉姆·莫里森 [②] 如果真的彼岸有知，会欣赏所有渴望与他缠绵的女孩子放在他位于拉雪兹公墓的墓碑上那些鲜花和情书吗？我想，他充其量会为自己没能享受的一切而懊恼罢了。

---

① 拉丁美洲革命家，入选《时代》周刊二十世纪百大影响力人物。

② 二十世纪六十年代洛杉矶摇滚乐队"大门"（the Doors）的主唱。

荒唐的是，许多人的生活似乎完全是为了构建一种能在他们死后吸引他人的形象。这种执念甚至优先于与身边人的关系和他们的生活方式（即使在他们还活着的时候）。

是的，我承认，我一直梦想着写下传世之作，赢得斯特雷加奖、坎皮耶罗奖，看到我的小说被译成几十种语言，为什么不呢？这样我就可以走上荣耀之路，最终可能获得诺贝尔文学奖。但这是为了什么？或者更准确地说，为了谁？难道是为了那些在博客上跟风写评论文章、读者大多是家族亲戚的人吗？是为了对一个几乎不可能彻底理解并被更权威的观点淹没的世界，发表我的见解吗？还是为了在皮涅托区①的某家书店举办一场只有业内人士参加的新书介绍会，好好显摆一番？这些所谓的业内人士，满脑子政治正确，甚至会使用"personaggia"这样不伦不类的词语，并且如果对方不用"ciao a tutt*"打招呼就会感到冒

---

① 位于罗马中心东南部，近年来逐渐形成了文化和夜生活的中心，吸引了许多年轻人、艺术家和创意人士。

犯①……又或者，这种对出人头地的渴望，不过是为了取悦我的七大姑八大姨，这样她们在聚会上就可以自豪地吹嘘自己的神童侄子？现在我不禁怀疑，也许所有的问题根源都在于她们……

很抱歉，我打破了这个神话，但拒绝面对事实毫无意义。人们在洞穴中留下那些手印的真正原因并不"诗意"，与国家地理想要灌输给我们的那种充满灵性和魅力的神奇仪式没有任何关系。那些手印能够保存数千年并非奇迹。史前人类制造它们的目的非常明确：留下一个记号。这是一种自大的行为，纯粹基于表现欲，与涂鸦者用喷漆在地铁墙上乱涂乱画的行为并无二致。

---

① 这句出现的两个意大利语主要是突出这些业内人士固守政治正确，为了表达男女平权的立场甚至在语言上咬文嚼字。在意大利语中，以"o"结尾的名词一般为阳性，多数代表男性；而"a"结尾则为阴性，代表女性。复数情况下，则"i"为阳性，"e"为阴性。如遇到男女混合的群体，则使用"i"。"personaggio"是大人物的意思，但因为是以字母"o"结尾，一些人认为对女性杰出人物不公，应使用"personaggia"。而"ciao a tutti"是常见的问候语，意为"大家好"，但在极端女权主义者看来这样写也是不公平的，不应用代表男性的"i"对所有人一概而论。

与大多数曾在地球上居住过的人一样，手印洞穴的居民害怕自己将不再存在于这个世界。他们害怕被遗忘，害怕没有能力做些能够被后人欣赏又有意义的事情。而且，如果真要说实话，他们留下的遗产无非证明了他们确实没什么要紧事可做……我不是在贬低他们，但无论是从努力程度还是创意性的角度来看，在岩石上留下手印似乎并不是什么值得记忆的行为。不过也必须承认，他们比许多其他人更成功地实现了他们的目的，因为在一万年后，仍有人愿意跨越数百公里的大草原，付钱购买门票，只为一睹他们的"作品"。这个结果远超预期，但与许多人在不经意间取得的成就并没有太大不同。想想马格里特（Magritte），他之所以被奉为最伟大的超现实主义画家，只是因为有一天他感到无聊的时候，在一些不太成功的画作的人脸上画了几个苹果；想想卢乔·丰塔纳①（Lucio Fontana）和让他成名的切

---

① 意大利画家、雕塑家和理论家。他是空间主义运动的创始人之一，该运动试图突破二维绘画和雕塑的限制，将艺术与时空观念联系起来。他最出名的作品为"切割系列"（Tagli），是一系列由他切割或刺穿的画布。

口画布，这可能只是某天晚上他打扑克输了牌，或者忘了吃药……再想想克里斯托弗·哥伦布（Cristoforo Colombo），他出门打算去印度度个假，却因为测算错误发现了一个新大陆；又或者安妮·弗兰克（Anne Frank）的日记，它大卖数百万册只是因为……啊不，这可能不是一个好例子。

好吧，这些可能属于特例，但不管如何偶然发生，它们仍是同一棵树上的果实。每个时代都有一群"沉默的大多数"，痴迷于在某块花岗岩上留下自己的印记。

纪录片的片尾字幕滚动着，一阵寒意促使我把睡裤的裤脚塞进袜子里，而我心中却涌起一股对手印洞穴居民的感激之情。虽然我还不知道怎样面对我的生活（或者说剩下的生活），但从那时起，我至少不再没头没脑地把它视为一个传承什么东西的机会了。传承给谁呢？我有资格传承什么吗？我只是一个因为家人花了一大笔钱在补课上，才奇迹般没有在初中留级的人；一个三十年的时间只写了一本无病呻吟的小书，并在其中至少两处，因为懒得做严谨的研究，而直接从维基百科上复制、粘贴了内容的人；一个不知道海湾战争是在哪里打的人；一个只勉强听说过罗莎·帕克斯（Rosa Parks）、威廉·赫斯特（William Hearst）和玛格丽塔·哈克（Margherita Hack）的人；一个从未读过杰 J. D. 塞林格（J. D. Salinger）和索尔·贝洛（Saul Bellow）的人；一个甚至无法简单概述康德的思想、伽利略的发现、马可·波罗的旅行的人；一个自称作家，却甚至不知道如何正确拼写"莎士比亚"和"陀思妥耶夫斯基"的名字，不得不用谷歌搜索，正如我刚刚所做的那样的人。

我曾经表现的所有傲慢，突然间像浸泡在牛奶中的饼干一样浮现出来。我准备解放自己，至少摆脱那个重负。从那时起，我不再把生活看作一场通往被遗忘的无情的倒计时，也不再把死亡看作一个必须付出灵魂来阻止的期限。我会停止焦虑，也因为我现在有了更重要的事情需要考虑。我不能再把剩下的时间浪费在假装成为我永远不会成为的那个人上了。在那段时间里，我应该学会一种新的生活方式并适应它；如果还有机会，我应该找到一些目标；我应该让过去翻篇，彻底接受我所成为的人。在那段时间里，我必须找到一直缺乏的勇气——老去的勇气。

第六章

一份坚定弃世想法的动机无序清单

刷牙

在冰激凌上加奶油的额外费用

得知你的星座后坚信已经了解你的人

维亚迪·帕姆菲利大街上红灯的时长

语音留言

不懂如何搭配服装颜色的人

自行车手

为取悦其父母而假装说新生儿很可爱的人

没有打转向灯就起动的违停车辆

杏汁

在讨论中总想要总结陈词的人

迟到的人

编了号的电影院座位

礼节性说辞

乐观主义者

悲观主义者

不喜欢《失恋排行榜》^①的人

失眠

因为你不吃比萨边而批评你的人

广告

米凯莱忘在洗碗池里的脏盘子

原声电影极端主义者

有机食品极端主义者

宗教极端主义者

各种极端主义者

起雾的挡风玻璃

---

① 英国作家尼克·霍恩比（Nick Hornby）于一九九五年出版的一部小说，英文原名为 *High Fidelity*，此处借用了二〇〇九年卢慈颖翻译、国际文化出版公司出版的中文书名。

民粹主义

黄瓜

化装派对

总需要对其解释"我在开玩笑"的人

违法停车的人

现代艺术博物馆

长时间没见面，嘴里说着"有机会吃个饭"心里却明白不会去做的人

无所谓主义

瑜伽

在寿司上放照烧酱的人

啰唆的人

被忘在洗衣机里的湿衣服的味道

把拼图装画框的人

主题派对

手工啤酒迷

摩托车迷

在你说话时触碰你的人

电话营销员

鞋子里的石头

内裤里的沙子

无馅儿的牛角面包

在博物馆里拍摄画作的人

没有甜点的晚餐

没有雪的山脉

从不道歉的人

插队的人

巴黎人

被占用的厕所

摇晃的桌子

在你前面慢悠悠地结账的人

在飞机上脱鞋的人

房地产经纪人

无法写字的笔

损坏的电梯

没开口的开心果

大声打电话的人

特尔纳口音

卡洛·维尔多内最新的几部电影

假装看不见你的餐厅服务员

拥挤的海滩

即使没有看过某部电影，但你问他们时还是会说看过的人

包装的鳄梨酱

作为日常鞋的芭蕾舞鞋

小分量的食物

高尔夫爱好者

周一理发店的闭店

告诉你不要用开胃菜毁了晚餐的人

没有信号时的收音机

霓虹灯

跟超市收银员要求才能得到的塑料袋

总是抱怨天气的人

抱怨前任政府的人

从不抱怨任何事情的人

痤疮

防晒霜

腊肠犬

自我中心的人

看电影时说话的人

花椰菜

蓝色的斑马线

丙烯纤维的毛衣

穿着袜子穿软底皮鞋

电话断线后就一直占线联系不上的人

机场摆渡车

飞机餐

飞机卫生间

飞机

不捡狗屎的人

卫道士

爱显摆的人

既有纸又有塑料，你永远不知道该扔到哪里的

食品包装

破洞袜子

即兴摄影师

痴迷健身房的人

即使天气寒冷也坚持在露台用餐的人

痴迷政治的人

煮过头的意大利面

告别单身派对

各种告别派对

嫉妒

门铰链发出咯吱声

询问电子邮件地址时会问"全都连在一起吗"的人

足球迷

亚历山德罗·迪·巴蒂斯塔① 完美的牙齿

零卡可乐

过敏

花衬衫

时髦风格

---

① 意大利非常活跃和有影响力的政治家，以热情的演讲、反建制立场和对传统政治体系的批评而著称，但他在公开场合的演讲也因频繁且明显的语法错误而遭到诟病。

用奶油填充的泡芙

团队旅行

团体舞蹈

创可贴脱落

塑料窗帘

总是吹嘘意大利的人

总是批评意大利的人

折扇

假装害羞的人

真正无耻的人

动物园

购物中心

抄袭他人笑话的人

自动售货机

交通堵塞

爵士乐爱好者

星期日的郊游

黄瓜（尽管已经提到过了）

总是要请客的人

如果你向他们展示一张手机照片，会不经询问滑动到下一张的人

咖啡胶囊

游泳池充气玩具

在名胜古迹前拍的照片

果脯

奥运会

戴假发的人

用帕维西尼（Pavesini）手指饼干做的提拉米苏

有奖问答

度假村的活动组织员

偏头痛

蚊子

第七章

阳光下的决斗

在接下来的几周里，我振作了精神。说来奇怪，尽管我的关节疼痛加剧，咳嗽缠绵不去，哮喘也变得更严重，但在某种意义上，我感觉自己仿佛得到了重生，即便以一个老人的身份。

众所周知，人们到达生命中的某个阶段时，给自己设定目标是有益的。将精力集中到某件能转移我们注意力的事情上，向来是驱散痛苦的最佳方法。我并不是指那些上了年纪的人用来消磨时间或在每周的牌桌上制造话题的爱好……不，我很快确定，我不愿意成为一个普通的老人。我希望在余生摆脱惯例尽我所能去品味一切。

和我的同类一样，我很快就感受到诸多社会因素的制约，并且立即意识到，阻止我全身心地投入新生活的主要约束之一是我与家庭的关系，或者更准确地说，是由此产生的罪恶感。

公众往往对家庭环境抱有一种根深蒂固的偏见，长时间待在家里常被视为懒惰、愚钝和抑郁的标志。无数人告诉我应该经常走出家门，呼吸一下新鲜空气，四处转悠……总之，必须待在户外，否则就该受到谴责，甚至属于一种自虐行为。这几乎就是在毫不掩饰地教导我，"待在户外"就是健康的代名词。

对于加埃塔诺和少数几个还在浪费精力邀请我出门的朋友，我开始编造各种匪夷所思的借口，以便能继续裹着我的毯子刷剧。尽管我认为自己的选择无可非议，但每一次这样做，内疚感又总是如约而至。

"不去真是太蠢了，天知道今晚我会错过什么……只要能战胜容忍系数，说不定就会出现什么机会呢？"我这样想着。但在发现这种内疚感只是一种狡诈的胁迫后，我告诉自己不应该屈服。

人们从没考虑过待在家里是最自然、最健康的事情，向来如此。你认为手印洞穴里的史前人类真的渴望离开他们的洞穴吗？你认为他们会在周末迫不及待地组织聚会和旅行吗？错了。他们离开家的理由只有一个：饥饿。每次出门，他们都要冒着被某种猛兽撕碎的风险。可如今，只需一个电话，食物就会送到家里，真的有必要不顾危险、顶风冒雨地走出家门，只为迎合那些毫无根据的论断，把我们的家视作有害的场所吗？

当开始摆脱这种洗脑思维时，我认定公寓将在我的未来起到决定性的作用。我要做的不过是让它匹配我的生活方式。

第一步，我清除了好些多年来一直放在屋里的物品。它们已经过时了，比如客厅里用作扶手椅的蒲团、发出刺眼彩光的熔岩灯、沙发上的民族风盖毯，还有那个俗气的电子钟——是我妹妹送的毕业礼物，可以在墙上投影出时间。然后，我用多年来一直被尘封在地下室的唱片机取代了数码音乐播放器。它比后者要可靠得多。

从前，我一直认为固定电话只是一个供电话营销中心打扰我的工具，但现在我意识到，它其实是与他人建立联系的更合适的方式。此外，手机的触摸屏对我来说越来越不方便，显示屏上的数字也非常小。我从二手市场上找来了一部旋转拨号电话，然后仔细地把手机通讯录上的所有号码抄写到一个笔记本上。

必须承认，我已经不是小伙子了。在那张令我背痛难忍的旋转椅上工作了这么多年后，是时候给自己一些舒适感了。就像那些总是谈论大排量汽车和摩托车，并梦想着驰骋在鬼知道什么地方的朋友一样，我对那些奢华的电动扶手椅也垂涎已久，但一直没有勇气买下一把。于是，在一个难忘的十二月的早晨，一张鲜红的可伸缩真皮电动扶手椅被送到了我的客厅中央。

受一些夜间电视购物节目的诱惑，我又购买了其他东西。很快，我收到了一套能轻松切割皮鞋的刀具、一把可更换钻头的四挡变速电钻，以及一个园艺工具套装。也许有一天它能派得上用场……当一名快递员交给我一套日式茶杯时，电话响了。

"杜乔！你还活着吧？"加埃塔诺用兴奋的声音问道。

"活得好着呢。"我一边签收包裹，一边回答。我至少有一个月没见他了。

"这段时间你干吗去了？我给你发了无数条消息！你怎么不接电话啊？"

"你说得对，其实我就是有点忙。"

"嗨，元旦什么计划？你会跟我们一起过，对吧？"

正如我所料，这一刻迟早会来。十二月三十一日一直是一年中我最害怕的日子。它带来的压迫感好几周前就开始了，随时间的推移逐渐加重，最后便成了我心头的一块巨石。身边的人都将跨年夜视为一场不可错过的盛大节日，大家都觉得那天必须有特别的安排。找一个足够特别的跨年方式必不可少，因为那天待在家是不被大众接受的，那样会立刻成为边缘人，是的，那种被视为病态、瘾君子、连环杀手的人，或者更糟糕，那种总在社交媒体上晒恩爱的人。简言之，就是那种大家都不太信任、想要远离的人，甚至不敢托付其照看自己的宠物。

"我还不确定……还在考虑。"我不安地说。

"跟我们走吧！"

"去哪儿？"

"听着，别太激动，曼利奥要在拉维尼奥的父母家搞一个大派对！"

"啊……听上去不错，但这个季节是不是有点冷……"

"不错？这可太酷了，杜乔，别扫兴了，你必须来！会有很多人，孔苏埃洛的朋友们也来。你知道的，如果在跨年夜走了运，那一整年都……"

"行吧，我考虑考虑。"

"考虑？你总不能大过年的待在家吧？"

"不，不，怎么会？"我承诺会给他答复。放下电话，我如释重负地继续我的夜间购物。

那个夜晚，当我正因为失眠辗转反侧，一条信用卡的对账短信提醒我忽视了一个非常重要的问题。我通过那本小说获得的收入已经不足以维持业已习惯的生活方式了。而且，放弃写作已成定局。曾经那段为了出人头地、获得梦寐以求的收入而努力工作的日子结束了。总的来说，我必须接受我所达成的目标带来的结果，并正视一个无法避免的事实：我已经退休了。

我立即意识到，不能指望一个像意大利这样落后无知的国家给予我应有的支持，考虑到这个国家的状况，可以预见处于我这种境地的公民根本不在公共系统的关注范围内。这使我感到极度焦虑。我甚至觉得即使再精打细算，可能最终还是会流落街头，直到我发现自己的想法有点过头了，才终于平静下来。因为我其实是有一份"退休金"的，那就是我守信的室友每个月底按时支付的房租。而这位室友已经开始打包了，我决定驱逐她，只是因为她偶尔会在晚上制造一些噪声，或把一些脏杯子乱丢一气……但说到底，她留下真的会给我带来什么困扰吗？更何况人们都说，到了一定年纪，家里有伴是件好事，特别是当我们很快就不能自己照顾自己的时候……

第二天下午，米凯莱从健身房回来时，惊讶地发现客厅一片混乱。一名工人正在铺地毯，而我正跷着脚坐在红色电动扶手椅上，看电视上重播的《侦探德里克》。她满腹狐疑地盯着我们。

"工作顺利吗？"我努力地表现出前所未有的关怀。

"什么？"她摘下耳机，表情就仿佛刚才问话的是那台咖啡机。

"没什么……反正我想告诉你的是，如果假期之后你还想留下来，完全没问题。我不需要那个房间了。"

"好的，谢谢。"她有些困惑地答道，然后回房间去消化这个消息了。

多年以来，虽然摩托车一直是我忠实的伙伴，但我已经不能承受在恶劣天气中骑行了。可我又不想放弃拥有交通工具，成为那种了无生趣的老人，永远不离开自己的社区，甚至一天在同一家工具店逛三次。

翻看《四轮车》杂志的时候，我简直不敢相信汽车行业在过去几年里变得如此糟糕，没有一款车让我觉得可靠。那些车太大了，充斥着高科技设备和其他的怪玩意儿，谁知道里面藏着什么风险。

一个星期天的早晨，我用胳膊夹着报纸在社区散步，注意到一个陌生建筑的庭院前有一些奇怪的人来来往往。那是这片地区的礼拜堂。我跟随着管风琴声小心地走过去，直到内心的声音警告我说："你是不是脑袋被门夹了？"

　　我不知道为什么会有想走进那扇大门的冲动。我至少有十年没有进过任何犹太教堂了，跨进教堂的门槛实在太奇怪了。上帝肯定已经开始摩拳擦掌，想着如果我再往前走会怎么惩罚我。可现在我还有什么好失去的呢？考虑到我现在的处境，还能指望什么呢？我像一个偷偷混进聚会的不速之客，不认识任何人，又害怕被发现，蹑手蹑脚地走向侧廊的长凳，假装对这个地方很熟悉。牧师正在做弥撒，一股令人愉悦的香气迎面而来。观众都很有教养，和我跟加埃塔诺出去时周围那群无所事事的人相比实在天差地别。礼拜结束后，我留在了庭院里，被那里热闹的氛围所吸引，这与罗马大犹太会堂入口处那种庄严肃穆的氛围截然不同。

　　我注意到教堂旁边的一面墙上有一个公告栏，上面贴着几个广告。我走过去，第一次看到它的一刹那，瞬间就爱上了它。它的外观吸引了我，简洁中透露出可靠。我有一瞬间的冲动想要摘下那张照片，害怕别人也会注意到它。那是一辆一九九四年的菲亚特熊猫，看起来保养得非常好，而且价格便宜得像开玩笑。

不知不觉，十二月三十一日到了。坦白说，从一大早，我就因为即将挑战的壮举而感到一种奇怪的兴奋。

这是我第一次成功避开所有提议，并在过去的一周内避免与任何人讨论话题。结果，晚上八点，我还待在自己的公寓里，没有任何计划。

你可以说我是疯子，也可以称我为梦想家，反正我打算整晚待在家里。这一大胆的计划包括给自己煮一碗美味的小扁豆汤，躺在我的扶手椅上看一两集《黄衣女侦探》，然后早早上床睡觉。@TheRealGianni 从阿尔塔巴迪亚①的小木屋给我打来视频电话送上新年的祝福，彼时他正和 @Stefy52 一起喝着烈酒，听着蒂罗尔音乐，参加午夜的火把游行。我把我的计划对他们和盘托出。那一刻，我觉得自己从未如此叛逆。但你知道我想说的

---

① 意大利北部的一个滑雪胜地，位于多洛米蒂山脉（Dolomites）的心脏地带，属于南蒂罗尔（South Tyrol）地区。阿尔塔巴迪亚（Alta Badia）以壮丽的山景、滑雪及登山活动著称，还以拉丁文化、特色美食和传统活动闻名。

是什么吗？ Faber est suae quisque fortunae！ ①

　　午夜时分，我被烟花的响声吵醒。我注意到那些无用且昂贵的焰火的响声中混杂着雨声。也许你会认为这种想法有些卑鄙，但我无法掩饰。我躺在温暖柔软的毛毯下，想着所有那些在街上、露台上或者拉维尼奥的派对上的人，被倾盆大雨淋成了落汤鸡，情不自禁地笑了起来。

　　第二天，城市里似乎空无一人。新年的阳光穿过街道旁交替排列的树木那光秃秃的树枝洒下来。尽管骨头的疼痛提醒我坏天气很快会回来，但我感觉很有活力，一边哼着小曲一边拖着新买的购物车，里面塞满了在孟加拉商店买的东西。在绕过一个又一个花坛后，不知不觉中我又来到了那片工地的入口。近几天，我一直在想他们是否已经完成了挖掘，并开始浇筑地基，却从未想过要再次靠近那里。我朝着围栏看去，心中最大的担忧变成了现实：他又在那里。他静静地站着，守护着自己的阵地，身穿黑色雨衣的他在围栏前尤为显眼。回想起

———————————

① 拉丁文，意为"每个人都是自己命运的创造者"。

第一次的遭遇，我恐慌得无法再继续靠近。正当我急匆匆地抓起购物车转身准备离开时，一个橙子突然从车里滚落，滚向了围栏。

车轮停住了，刚刚还在叽叽喳喳欢快飞舞的小鸟似乎也停住了，甚至连风都暂时停住了。我深吸一口气，虽然被一阵干咳打断，但至少部分缓解了我的不安。

就在那一刻，一种原始且令我自己都感到惊讶的本能占了上风。虽然知道自己正在冒险，但我无法抑制这股冲动……于是我决定掉头走过去。

那个人察觉到我的存在时，突然转过头来。他用锐利得似乎可以穿透墙壁的目光，从上到下审视着我，就像脱衣舞俱乐部的保镖对待可疑的客人那样。想到头上可笑的礼帽和手里崭新的购物车，我觉得自己像第一次精心装扮，想在学校舞会上出点风头的小女孩一般笨拙。他认出了我，冷冽的眼神转化为一丝讥笑。然后，他从雨衣口袋里拿出了我的橙子。

"丢东西了？"他嘲讽地盯着我问道。我努力地昂着头。紧张的气氛一分一秒地累积，就像塞尔吉奥·莱昂内的电影。起重机正在我们的身后运送最后一批泥土，堆放在一台大型搅拌机旁边。

　　一个令人作呕的声音在他喉咙中回响。接着，他做了一个我能够轻松识别的恫吓动作——向我们之间的那块地上吐了口唾沫。

　　他在挑衅我，目的是决出谁才是这令人嫉妒的位置上那个多余的人。我没有逃离，而是选择面对。当我从那人身边走过，走向金属围栏的时候，他惊讶地看着我。我交叉双手背在身后，尽量说服自己那荫翳的身影并不存在。有那么一刻，我担心事情会向更糟的方向发展，但我已经准备好为如此贸然行事付出代价了。没错，就是这样，与其夹着尾巴灰溜溜地逃走，我不如昂首挺胸面对命运。然而，出乎我的意料，那人只是站在围栏旁边，与我并肩而立。然后便是一阵似乎没有尽头的沉默，只剩下仍在运行的塔吊的声响。

　　"就要开始打地基了。"他突然说道。

　　我吓了一跳，但努力让自己保持镇定。

　　"现在要开始灌水泥了，对吧？"

　　"得到春天了。"

　　"不会吧？还有好几个月呢！"我天真地抱怨道。

"这种情况下，时间并不重要……重要的是工程不能停。"

"怎么不重要？！为什么这么说？"

"记着，有时期待购物中心的过程比购物中心本身更重要……"

我们沉默地站着，就像黄昏时分在码头钓鱼的父与子，被一个只有他们知道的秘密紧紧绑在一起。我回家时，人生中第一次感到自己是某件事的一部分。

第八章

去他的年轻人!

从生命的最初几天开始,当我们还在摇篮里的时候,每个人对外界刺激的反应都有所不同。有些婴儿特别安静,有些则较为焦躁不安。一些新生儿非常健谈,而另一些则似乎对来到这个世界不太感兴趣。但这些关于孩子天性的初步迹象并不是很重要。无论他做什么,于他的父母而言,都会立即成为住所里的焦点。因为他的任何举动在父母眼中都是不可思议、令人惊奇的。孩子眨了下眼睛,微微张开嘴巴像是在笑,小手抓住父母的一根手指,或是喂奶后打起了嗝,都足以让父母对他展现出的聪颖和早慧欣喜若狂。总的来说,所有的父母都会很快形成一种信念，自己的孩子是天才，论据只是因为他们可以哭泣、吞咽，或在几个月后开始走路，好像走路本身是可选技能，只有一小部分人能够做到。

每一代人，每个国家，以及每个历史阶段，都有许多母亲觉得自己是那个幸运儿，觉得自己被命运甚至某种神灵眷顾，从而生下一个天赋异禀的孩子。而这种信仰往往只是基于一个事实：那个没断奶的小鬼会把手伸进尿布里，把自己的粪便抹在婴儿车的遮阳罩上。

父母称赞孩子会尿尿，长出第一颗牙齿，放屁特别响亮。这样的称赞来得太早，以至于孩子们根本无法理解，自然也无甚受益。在他们视角里，如果自己在祖父的羊毛衫上吐了，就会被一群大人围在中间，为他胃液的黏稠度欢呼雀跃。

可能会有很多人觉得我这段开场白过于夸张，或者认为这种情况只会出现在很短的时间段里。这种看法是完全错误的。对新生儿的称赞是一粒种子，它会成长为我们所面临的最严重的社会问题之一，能够影响我们的整个生活。这种称赞是帮助我们理解为何生活总会令我们感到痛苦和不满足的关键。

你可能认为对新生儿的称赞是无害的，但随着时间的流逝，它会悄悄发展变化，最终成为人们对时间流逝和衰老感到不适的主要原因。这是一个带来焦虑和失衡的隐匿现象。实际上，对新生儿的过度赞美迟早会转变为妨碍人们淡然面对生命自然进程的困扰，形成所谓的"年轻崇拜"。

在我们的社会中，只要是年轻人做的事情，即使与其他人在天资和技能上不相上下，也会被赋予不同的价值。尽管除了年龄没有其他优势，但他们总能得到更多的认可和支持。

这种情况一直存在。追溯到入学之初，每当我们在亲戚面前朗读一首诗、为鸽子筑巢，或者在家里的院子打篮球，这种"年轻崇拜"就已经被灌输给了我们。当我们被表扬时，其实并不是因为我们所做的事情。因为没有人真正关心那些诗或鸟巢，尤其是我们的亲戚。我们受到赞扬是由于别人认为我们在那么年轻的时候能完成这些事情是令人惊讶的。如果让一个成年人来朗诵一首诗，看看还有谁会为他鼓掌！

要理解这个现象是如何在不知不觉中恶化的，其中一个最令人不安的原因是"年轻"一词被赋予的含义。在过去的几十年里，这个词的性质已经发生了变化。它不再是一个单纯描述客观生物状态和成长阶段的词，而是成了一种褒奖。年轻时，不管我们做了什么，虽然没有格外努力，却总能收获这种日常的称赞。

"我儿子太厉害了，这么小就学会了用马桶！"

"我的孩子已经会在深水区游泳了，他还只是个小宝宝呢！"

"我的孩子今天就满五岁了！真是不可思议，他还这么小，就已经五岁了！"

现阶段，没有人可以做任何事让自己的年龄减少或增加，这并不需要特别说明。谁都不可能比其他人更长时间地保持年轻，或者更加朝气蓬勃。可是每当我们面临选择，就会忽略这一现实。

"给年轻人机会！"人们总是这么说，好像这个群体几个世纪以来一直受到迫害，现在应该得到补偿，给他们一个机会就能确保我们赌对了马。奖学金、优惠待遇、免费培训课程、青年组体育比赛、餐馆里的儿童座椅、主题公园等，这些被创造出来后把年轻人提升到我们的高度，甚至更高。

想想我们的职场，所有主管都受到这种错误崇拜的影响，并不断推波助澜：

"我雇了一个非常年轻的人，他刚刚毕业！"

"我雇了一个还没完成论文答辩的！"

"我雇了一个还在上高三的！"

你真的相信年轻可以为你的选择提供保障吗？多年辛勤工作所积累的经验毫无价值，比不上一个刚刚断奶的婴儿能够带来的贡献吗？这种执着有什么意义？它缘何而来？另外，意大利是全球年轻人比例最低的国家之一，为什么要对那些从未付出努力的人如此盲目且武断地青睐？为什么要针对那些不再年轻但可靠和沉默的大多数？尊重和从前的价值观都哪儿去了？

不幸的是，职场只是这种荒谬歧视发生的众多场景之一。文学、电影甚至艺术本身也都是帮凶。

其中一种最早传播的形式就是通过儿童睡前读的童话故事。罗尔德·达尔、查尔斯·狄更斯、贾尼·罗达里都是基于这个谎言在他们的领域大获成功，却没有意识到他们给后代带来的伤害。

《小王子》《雾都孤儿》《木偶奇遇记》《小妇人》《儿子的日记》《小红帽》《汉塞尔与格雷特》只是许多建构儿童英雄形象、进一步夸大年轻崇拜的作品中的一小部分。这些离奇的故事使小读者与那些严重脱离现实的英雄产生了深深的共鸣，让他们误认为自己非同凡响，可以战胜一切挑战。想想有多少孩子坚信他们长大后会成为科学家、一级方程式赛车手甚至宇航员……真实的情况是，他们的天资不过尔尔，更不用说这些故事所带来的风险。一个孩子如果读了《树上的男爵》，就可能爬到树上，然后摔断脖子；或者有人送了他一本《金银岛》，之后你可能就会发现他在开放海域骑着脚踏船。实际上，这些故事的唯一贡献就是为培养出一代自大狂煽风点火。这些人将永远无法脱离虚幻，面对现实。

更不用说电影了。像《燃烧的青春》《再见，孩子们》《最好的青春》这类作品，无须多做评价。若要列举所有从无声电影时代以来利用"青春"这一概念来赚钱的影片，甚至能写满一本厚厚的书。想想迪士尼和为了满足这一群体的自尊而专门创作出来的电影，就可见一斑。

这种过分赞美年轻人的伪善行为在某种程度上类似于社会上对美丽的夸奖。一个漂亮的女孩从街上走过会受到赞美，因为她的外貌被视作个人努力和责任的体现，因此理应得到认可。

类似的论点也适用于一种常识，即普遍认为食用某些动物是可接受的，但对于另一些动物丝毫的损伤却则被视为最严重的罪行，堪比最恶劣的怪物。

"多漂亮的海豚啊！""多可爱的小鹿啊！"在这里，审美再次发挥了作用，似乎美丽成了某种特权的借口。没有人会说"多美的小猪啊"，也没有人会赞美一只鸡。它看起来丑丑的，细看甚至有点讨厌。所以，人们决定把它养在密集养殖场，用激素喂它，用电击宰杀它，然后把它吃掉。只要有人愿意，甚至可以把它的爪子剁下来做个项链！

围绕可食用物种发展起来的伦理学充满了歧视和双标。为什么可以吃兔子但不能吃鼹鼠？为什么可以大嚼野鸡，却不能哪怕只想揪下斑鸠的一根羽毛？为什么野猪可以但松鼠不行？为什么奶牛可以但岩羚羊不行？好吧，我承认我有点跑题了，刚才在说什么来着？哦，对了……

年轻崇拜是一种看不见的病，它影响了每一个人并决定性地塑造了我们的生活。经历了多年的赞誉和恭维，人们很难放弃被偏爱的待遇。仔细想想，这几乎是不可能的。为了抓住这种特权，许多人选择进行整形手术，或把自己关进健身房，成为身体的奴隶，拼命试图阻止时间的流逝，欺骗他人（以及自己）。市场上充斥着保健品、护肤霜、荷尔蒙疗法、细胞移植、紧肤疗程和拉皮手术，更不用说这种迷恋是如何影响我们的行为的。想象一下：一个五十岁的女人去学肚皮舞；或者一个男人买了山地自行车，把自己打扮得像个十几岁的少年，但其实他的身体已经无法配合了。

我们从早到晚都在接受赞美，却没有人告诉我们这并不是永恒的。这就是陷阱。人生没有说明书，能告诉我们年轻会在哪一天结束，而从那时起，将不再有人夸赞我们的能力。我们会疑惑地问"这怎么可能？"并难以接受这个事实。昨天我们还是人人追捧的希望之星，可现在呢？

最令人心痛的不仅是失去那曾经的特权，而是发现与此同时，有其他人正在获得这种特权。新一代突然崛起，我们发现自己被超越了，不再拥有过去的地位和权威，在自认为无敌的领域被击败。

我想说明一点，我本人并不置身事外。我也曾随波逐流，在不自知的情况下享受过同样的特权，但这不算什么理由。我也曾欺骗自己，认为人们欣赏我的写作才华和成果，却没有意识到真正的制胜秘诀只是身份证上的出生日期。

自然，我的小说也受到了这种影响。现在我可以肯定地说，《犹太区的护身符》之所以成功，并不是因为它大胆的内容，也不是《赫芬顿邮报》的评论文章所赞扬的令人着迷的文笔。故事设定在罗马犹太区，以寻求复仇的正统犹太人的幽灵为主角，这并不是《信使报》所说的那种"创意十足且引人入胜"的点子。那本二流侦探小说之所以收获了这些赞誉，原因只有一个：

它的作者年仅二十六岁。如果你在二十六岁已经写作了一本书，请相信你已经获得了某种特殊的认可。这种认可像一个无比宽容的滤镜，能够神奇地抹去作品中所有的缺陷，除非你的写作能力相当于一位仅仅在某次开化之旅中跟亚历山德罗·迪·巴蒂斯塔学过语法的智利牧羊人。这是因为既然你能在二十六岁就有所建树，未来一定不可限量……大错特错！那本书就是我在过去、现在和未来所能达到的最高成就值得肯定，但根本没达到可以出版的水平！

今天，我已经可以坦然面对真相。它比我预期的更加冷酷，但至少对我有所教益。多年来，我一直努力地保持年轻，却没意识到驱使我这么做的原因是如此虚无和浅薄……我因失去那些特权而痛苦，不过是由于曾被幻想误导且深信不疑。因为年轻是我们被灌输过的最大的谎言。没错，这是有史以来最大的骗局。所以去他的吧，所有继续推动这种崇拜的人，所有不尊重经验和资历的人，所有奖学金、儿童故事和迪士尼乐园。但最重要的是，去他的年轻人！

第九章

墓志铭

尽管提醒春天到来的不是盛开的花朵，而是我加剧的过敏症状，可围绕我生活的那种焦虑似乎已经消散了。日子往往相似，但不再像过去几年那样沉闷、单调。我正逐渐采纳一种新的方式与世界相处。出乎意料的是，过去的生活于我而言突然陌生起来，就像一个外部实体。与它有关的一切，即便仅过去了几个月，都开始显得遥远，就像属于一个只余模糊而甜美的回忆的时代。有时我会混淆那些片段，无法重构它们的时间顺序；又有时我会记不起参与事件的人物，或犯些张冠李戴的错误。开着那辆熊猫跑腿时，我偶尔会迷路，需要停车向路人询问。有几次，我甚至完全忘记了出门的原因。

我常静静回想童年的片段，惊讶地发现其中许多暗藏预示，本可以提醒我即将发生的事情。

那些年里，我就像一只跳动的蚕蛹，只待破茧而出，成为我注定要成为的人。作为上天选中的人，我绕过了生命竞赛的上半场，在下半场才闪亮登场。更准确地说，是直接进入了加时赛，但至少我可以全身心地享受它。

我第一次感到对自己的选择有了掌控，不再是一个自我中心的机器，被动地等待生活给予奖赏。"Facis de necessitate virtutem①"成了我的座右铭。

就在我获得这种认知的同时，我也意识到我们在尘世中追求的所有目标里，没有哪个比为生命的终结做准备更为重要。是的，就是那个我们无时无刻不想着从思想中驱逐的日子。我所谓的做好准备，不仅仅是认识到

———————

① 这句拉丁文的意思是人应该在逆境或困境中有能力转变并找到新的机会或力量。

生命的有限，以及地球在我们离开后仍将继续旋转。我指的是实际的工作和必须在为时已晚之前完成的任务。如果忽视它们，可能就会出现最容易预判的错误：使自己措手不及。那些不断逃避对死亡进行思考的人，大多数情况下正是陷入这种重大失误的完美候选人。

将生活的重心放在追求被人们记住的执念上纯属徒劳，我们如何面对将要在世上踏出的最后一步才是应该关心的事情，不要轻视我们离开的方式。我们不能允许自己天真或疏忽，从而导致一生的努力付诸东流，留给后人一个潦草的、不庄重的背影。这不仅关系到自尊自爱，关系到礼节，更是对那些将要处理我们后事的人的尊重。

首先，我制作了一份清单，上面列出了那些在生命的最后时刻容易被忽略的琐事。例如，从干洗店取回衣物，清除即将过期的食品，取消喜爱的杂志的订阅，归还最近租来的影碟等。我们总觉得这些事可以在最后几天内处理，但恰恰因为这样，它们可能反而成了最棘手的问题。

为了避免常见的错误，我们还必须记住，真正保存那些深藏的秘密的其实是我们的电脑。试想一个家庭的父亲去世，却忘记清除浏览记录，然后他悲伤的妻子打开他的电脑，突然看到了标有"恋物癖""大胸""桑德拉·米洛①"这类关键词的视频。

另一种因疏忽铸成大错的可能是：忘记删除社交网络账号。我们常常忽略这件事。假如我们没有在去世前注销这些账号（或留下账户信息供他人处理），可能会导致非常尴尬的后果。例如，我们的账号上充满了本人无法回应的感伤的告别信息。我认为，在身后留下一个任何人都可以随意发言的空间，是一名死者最不得体的举动之一。需要明确的是，这并不是那些因失去我们而感到悲伤的人的错。错误的根源在于我们本身，是我们让他们在网络上倾诉，将我们的个人资料变成了一篇多愁善感的虚拟讣告，并将永远存在下去。

为了不给尴尬留下任何可乘之机，清理家中可能导致误解的所有物品也很重要。因为当亲属来清空逝者的

①　意大利女演员，二十世纪六十年代尤其受到欢迎。她多次与导演费德里科·费里尼合作，一些作品的尺度较大。

公寓时，总会有个人说出一句"谁能想到呢！"

我知道一个女孩为了消除皱纹使用了一种肛门药膏，在家里放了好几盒；还有一个男人会用凡士林来擦他的鞋子。想象一下，在你的葬礼上，如果与会者的关注点都集中在你从未患过的痔疮或你所谓的癖好上……

总之，为了那一天，我们可以采取所有必要的预防措施，哪怕一个小小的疏忽就足以使所有的努力付之东流。

鉴于我早早就开始考虑这些问题，丢脸的概率肯定会降低。但在我考虑的所有事项中，压倒一切的是墓志铭。

许多人并未真正意识到这短短一句话的深远意义。墓志铭不仅仅是一句话，它还是解读一个人生命的钥匙。它是概述，是总结，甚至……要用电影的术语来说的话，它就是"剧情梗概"。

这一行字不容轻忽。如果它不那么引人注目，甚至可能全然被忽略。它必须足够吸睛，用简短的文字完成一个极为宏大的任务：让任何站在墓碑前的人都能了解他是谁。

每个意味深长的字词都经过了深思熟虑、精挑细选。这些字词提供了解读一个完整生命之谜的关键线索，就像在《公民凯恩》的结尾，查尔斯·福斯特·凯恩的雪橇上出现的那个"玫瑰花蕾"；或者在《非常嫌疑犯》①的高潮剧情中，库科侦探在警察局的白板上看到的词语。它们都是启示性的字词，就像在《星球大战》中，当黑武士达斯·维达在那场著名的决斗中向卢克·天行者揭示自己是他的父亲时所说的话。

墓志铭必须像书名那样令人瞩目，在成千上万本书中脱颖而出，吸引并说服我们去探索。总之，这短短的一行字就是对我们人生的营销。我们希望那些路过墓碑的人不仅仅驻足，露出惊讶的表情，还会产生一种强烈的渴望，想要知道我们是谁，为没能与我们结识而感到遗憾。

———————

① 英文名为 *The Usual Suspects*，是一九九五年上映的一部美国神秘犯罪电影，由布莱恩·辛格（Bryan Singer）执导、克里斯托弗·麦奎里（Christopher McQuarrie）编剧。这部电影因复杂的情节、出乎意料的结局和出色的表演而受到广泛赞誉。

受到极简主义的影响，许多人决定在自己的墓碑上什么都不写，实践在永恒中做一个无名氏。这种选择固然值得尊重，却实际流于小打小闹的虚无主义，只是想通过简单的手段吸引注意。但话说回来，这远比选择一些肉麻又俗套的句子要好。

　　我一直认为，一个有效的墓志铭需要有一些出人意料的元素，比如："我很快回来。"

　　也可以选择一些挑衅过路人的内容，比如："你瞅啥？"甚至可以是："你真漂亮，今晚有约吗？"

　　在韦拉诺公墓散步真是震撼人心，最近我每周都去那里。在提比蒂诺广场停好车，我喜欢钻进那些小路寻找灵感，但平平无奇的字眼竟然出乎意料得多。在罗马古老的家族陵墓和墓碑之间，你总会看到一些毫无新意的表述。像"慈悲为怀""高尚情操""慷慨""宏伟"这样的词语被雕刻在大理石上，频繁程度不亚于"生活""爱情""美丽"出现在意大利电影的名称中，显然是没动什么脑筋。而且，这些华丽的辞藻有什么意义呢？怎么可能指望这样的字句令人印象深刻呢？墓志铭要产生效果，必须有更高的追求，为此必然要冒一些风险。例如写上：

免费无线网络。

肯定会有很多人为此停留。也可以大胆尝试一些更哲学的表达，比如："问题不在于是否有来生，而在于是否有过前世……"

有一次，我想到在我的墓碑上刻一个指向墓地大门的箭头，然后写上"出口"。

这将是这片由小巷和礼拜堂组成的迷宫中的第一块具有实际功能的墓碑。它的同类还有"大会堂或者主环线"。

我承认，有一阵子我甚至想跟加埃塔诺开个玩笑，在上面刻上"这是加埃塔诺·马约奇干的"。

另一段时间，想到迟早会有一些反犹主义的捣乱分子来破坏墓碑，我打算给它配上一个小锤子，就像公交车上用的应急锤。然后我可以刻上一个靶子，并写上"反犹主义者请敲击此处砸破"。

不知道这样的墓碑能保存多久……

我还想过一些更超现实的内容，比如"这不是墓志铭"；或者选择一些更叫人毛骨悚然的，"终其一生寻找睡眠，却在死后执着于醒来"。

还有一种更直白的，"让我出来！"

还有一次，我沉迷于那些荒唐的约会软件用语，"热爱生活、动物和徒步""拒绝一夜情""过去他是个不错的选项，如今则是最优解"。

最近，我想给动物权益保护者留一句隐晦的信息："我已经不吃肉了。但是……"也可以是："榨汁机并不能延长生命。"

好吧，这个清单其实还可以更长，而我提供的只是其中一些想法。可时间不等人，我很快就得做出决策。

当生命即将走到尽头时，很多人声称自己没有时间考虑这些细节，认为这些不重要，标榜自己不愿纠缠于这类琐事，要充分地享受最后的时光。这是一个严重的错误。尽管我很早就开始把每一天当作最后一天来过，但这并不是基于这种肤浅的想法，而是因为我隐约感到那一天可能真的会到来……

当不再将剩余的时间视为一种刑罚而是一个机会的时候，我知道自己变了。这是一个机会，能保证当那一天到来，我的一切，真正全部的一切，都可以是完美的。没错，如果说有一种信念始终激励着我，那就是在那一刻，我不想出丑。为此，我开始全心全意做准备；为此，我把这种准备提升为余生的最高目标；为此，你可以把现在读到的每一个字，视为我的彩排。

第十章

自由

　　我不再那样做了。我发誓，绝不回头。我不会再去冒扭伤脖子或者过马路被车撞的风险。我不会再加快步伐，只为凑近看一眼或让自己被注意到。我不会再蹲守在精心策划好的位置，迫切渴望一次对视；也不会再去图书馆试图用几个高大上的作家名字接近别人，尽管他们的书我只读过几页。我彻彻底底地抽身而出了。

　　意识到这一切的时候，我正身处随笔杂文区。你可能会好奇，为何那位流连在书架间性感的法国游客会对我产生如此影响，足以让我十分确信自己顿悟了。或者你也可能会对我为何又出现在阿根廷广场的费尔特里内利书店里产生合理的怀疑。

确实很难解释，是什么驱使我一次又一次走进那家书店，尤其是如今我与这种地方已经无甚关联。我甚至不记得自己为什么在那天早晨出门……但绝对不是为了去那里消磨时光。说实话，于我而言，那不是一家普通的书店。几年前在那里，我第一次举办了《犹太区的护身符》的签售会，第一次享受了"主角待遇"。从那时起，我便不时回到那里，就像一个连环杀手，总有一种重返犯罪现场的冲动。

那是一个荣耀的日子，令我感叹自己的生活终于开始变得有意义了。之后每当踏进那家书店的自动门，只要保安一认出我，我就感觉自己仿佛是退役后回到洋基体育场的乔·迪马吉奥。只要与一位漫不经心地翻看我小说的女士视线相触，我就幻想自己像走上法兰西大道的伦佐·皮亚诺，正站在天桥上俯瞰人们络绎不绝地走进音乐公园礼堂。即使我的小说从入口展架上被撤下，我还是会继续去那里。就算得知我的书已经在书架上消失，也没有改变我的行动。我无法结束这漫无目的的朝圣之旅。而那些不断涌现的新作者更是将我的名字埋进被遗忘的深渊，使这趟旅程变得愈加苦涩。

但正如前文所述，在这种自虐式仪式的过程中，我顿悟了。当我用与读一本已知凶手的推理小说相同的心境观察那个迷人的、充满异国风情的女孩时，我想起了过去，女性一直是我优先关注的对象。

是的，尽管这可能难以置信，但自从我记事起，就一直对女性世界充满了强烈的好奇心。原因很难说清，或许是由于我的基因中某个愉悦序列自带的特征，又或者只是小孩子多多少少会感兴趣的事物之一，跟《忍者神龟》动画片或者足球明星的卡片没有区别。我记得入学的第一天，当我的同班同学正忙着争夺同桌炫耀的时髦笔记本、圆规和日程本，或因为需要离开妈妈整个上午而感到沮丧的时候，我却坐在第二排挨着那张地图的位置上，只想着一件事——女人。

那时候，我还不具备在之后的岁月中习得的谨慎，不懂得模仿周边人的行为，只是痴迷地环顾四周。我观察着新来的女同学，想知道自己的运气如何，看看能不能找到可以尝试搭讪的对象……我记得那群叽叽喳喳的孩子，他们都严格按照规定穿着罩衫。男孩穿蓝色，女孩穿白色。这种区分颜色的衣服虽然是老式教育体系的产物，实际上却对我有所帮助，使我能更容易识别出那些吸引人的女同学。总之，回想上学第一天的这场大混乱，我发现自己真正关心的问题只是能不能找到一个心仪的女孩。

后来的许多年里，每当我进入一个新环境，这种情况就会反复重演，无论是夏令营、学校露营、中学、吉他课、童子军还是海边度假……当其他孩子在探索自己的兴趣，尝试各种新的体验、运动和爱好时，没有任何事情能够转移我对女孩们的注意。

请不要误解，我对女性的强烈兴趣并不意味着要真正与她们接触。相反，我很快就意识到这并非自己擅长的领域。我总是害怕女孩，无法鼓起勇气主动出击，像一些更老练的朋友很快开始做的那样。我面对的现实是，这种无法抑制的激情不能战胜我的胆怯。我总是害怕被拒绝，也从未感觉自己有能力采取主动。这种自卑感也许与我的外貌有关，却并不是因为我觉得自己长得丑或缺乏魅力。根据我的经验，我很早就明白自己属于许多女人所说的"那种人"。所谓"那种人"是指永远无法明确谁会喜欢的人，因此随时有可能遭到惨痛的拒绝。多年来，我一直为错过的机会而自责，想象着如果我能克服不安全感，可能会经历怎样的奇遇。真正讽刺的是，每当我遇见一个喜欢的女孩，并想通过一些计谋来赢得她的心时，我的大脑就会死机，陷入完全的空白和虚无。就像有人突然切断了电源，让我完全失去了有效思考的能力，暂时变成一种单细胞生物。根据宇宙中某种深不可测的法则，这种空白状态会持续到我确信已经错过了最佳时机。而就在那时，我一直在寻找的那句话就会神奇地浮现在脑海中……而且不是普普通通的一句话，而是最完美的那句。任何女人听到这句话都绝不会心如止水。我认为自己可以被定义为事后的调情高手。虽然总是像阿兰·德龙一样一事无成，但作为补偿，我意外搜集了一系列绝世情话，唯一的问题就是它们来得太迟了。

于是，每当遇见"命中注定"（这种情况一天内甚至可能发生三四次），我只能注视着她，就像一个瘫痪的人在晚餐时看着一瓶红酒翻倒并洒在桌布上那样无能为力。错过了最佳时机，我只好无奈放弃，带着愈加深重的愁绪和一张需要扔掉的桌布回了家。

现在，我面前有一位仿佛从戈达尔电影中走出的维纳斯。她徜徉在书店里，显然很清楚自己是那么耀眼。突然，我发现自己再也没有冲动去挽救那块桌布了……她与我对视并露出微笑，在任何男人看来，那都是在邀请自己走进艺术史区域与她交流。几年前，这种情境一定会让我激动万分，甚至愿意把 @Stefy52 卖给贝都因人来换取这样的机会。而现在，这于我已经无关痛痒。

我清晰地记得那些错失的机会给我带来的不快和对自尊的摧残。我跟加埃塔诺一起出去玩并非巧合。尽管我不喜欢他与女性交往的方式，但我与女性接触的机会确实显著增加了。虽然我们高中时代就认识，他还会时常让我陷入尴尬的境地，可事实使我不得不承认有时候他是对的，那些年里的一些暧昧或者恋爱故事都归功于他。

随着我的处女作问世，局面终于发生了改变。我意识到自己已然是文坛新秀，不再需要靠山了。从那时起，在众多的新书发布会和推广活动中，我没有错过任何机会，利用那短暂的名人效应尽情展示着我的自负与骄傲，俨然一颗即将在文学界留下不可磨灭的印记的新星。

我突然十分确信，我的文学成就与我所能吸引的女性类型之间存在着密不可分的联系。那一时的文坛声望迅速驱散了长久以来缠绕我心头的表现焦虑。然而，当那部作品赋予我的并不应得的魅力逐渐消散时，我并未感受到丝毫的不安。

随着我的书在展架上逐渐消失，发布会的记忆渐渐褪色，我对女性的好奇心也开始消退。在我记忆里值得一提的最后几段感情中，频繁外出就餐、观看戏剧表演或参观展览成了一种无法承受的负担。不久后，我甚至开始感到尴尬，担心当有人遇到我时，会用评判的眼光看我，认为我是那种周旋在年轻女孩之间并利用她们的老油条，更不用说在公众面前亲昵了！

那个女游客在走出费尔特里内利书店时，不满地朝我瞥了一眼。看着她因为无人殷勤追赶而愤怒地离去，投入冰冷的阿根廷塔大街，我露出了释然的笑容，就像从恶疾中终于康复。

　　是的，我完全失去了重新投入游戏的欲望。曾经我会因为过路的女人拒绝我的晚餐邀请而痛苦不堪，但现在那已经成了过去式。可能有人认为这很正常，是源于生理性的性欲下降，或是每晚睡觉前服用的安眠药和抗过敏药的作用。但我明白，这一切已经单纯地不再适合我了。我完全不想成为那些成天盯着年轻女孩的屁股，朝她们吹口哨的老色鬼，也不愿意继续迎合那些荒谬的社交礼仪。但最重要的是，我意识到在这个时代，为了一个已经变成幻想的目标而拼命是不值得的。

　　毋庸讳言，男女关系的恶化是显而易见的。这场危机根深蒂固且不可逆转，以至于对任何一段关系的投入都变得毫无意义。如今，不再有明确的规则或者可依赖的确定性。在情感世界里，一切都混沌复杂，难以厘清。这种复杂性宛如高耸入云的摩天大楼一般压抑人心，使原本纯粹的感情关系也变得沉重不堪。我们仿佛被一套无法洞悉、严酷并且不断变化的法则所束缚，身不由己。此外，寄望不倚赖那些该死的虚拟通信工具就能跟女生结识，无疑是太过天真了。这个时代，如果在公共场合停下步伐与一名陌生女子攀谈，简直如同突然从灌木丛中跳出，向她扯开你的大衣一般露骨，仿佛一出荒诞不经的闹剧。

那个风花雪月的时代已然落幕，不再有大胆追求、浪漫的小夜曲和窗台上的花束，也不再有手写情书、盟誓的戒指和夕阳下海边的漫步。总而言之，爱情这个古老的话题已经落幕。在一个失去了爱情的社会里，没有比浪费时间去追寻爱情更无益的事了。

当我洞悉这一真相时，一种超然的轻盈感瞬间涌上心头，将我从长久背负的沉重包袱中解脱。无论身体上的哪一种痛楚，都无法与因对女性世界的过度关注所带来的那份心灵的疲惫相匹敌。如今，我重获自由。

第十一章

病痛

小时候，大家总认为我是个身体健康的孩子。身高中等偏上，体形修长，但并不瘦弱；虽然没有十分热衷运动，但我也不反感偶尔参与一些；没有先天性疾病，视力良好，也没有与睡眠或焦虑相关的问题。可以说，我的成长过程中没有遭遇许多不幸的孩子不得不面对的种种问题。

例如，我童年时的一个朋友安德烈·西尼巴尔蒂，因为一只眼睛弱视，总是戴着厚重的眼罩。还有格雷塔·皮埃特罗保利，因为必须穿着那些矫正步态的丑鞋子，从幼儿园起就常常被欺负。我的一些同学，有的患有严重的脊柱侧弯，有的则被严重的痤疮或其他皮肤病折磨，更不用说那些因为不想长成《断头谷》里克里斯托弗·沃肯的模样而努力矫正牙齿的孩子了。

我对自己良好的健康状况习以为常，并认为这种优势会永远持续下去。当其他人抱怨自己身体的小毛病时，我只是好奇地观察，没有真正理解他们的感受，也没有意识到那些病痛是如何影响他们的生活的。我大步流星地行走，在寒冷的冬天也敢不穿外套出门，毫无顾忌地吃任何出现在眼前的食物。在我看来，那些处处忌口还总是抱怨身体不适的人很是滑稽。

有些人说他们腰酸背疼、头痛难忍或是对猫严重过敏，我们很少能真正对他们的痛苦产生共鸣。我们只是表面上表示同情，但内心深处并不认为有必要如此关注这些小病小痛，也觉得事不关己。

我一直认为，我与自己的身体有一种不成文的协议，一旦发现任何"出厂缺陷"都可以通过保修来解决，或者最多吃几片阿司匹林就能焕然一新。

食物不耐受、颈部疼痛、哮喘性咳嗽、过敏、皮疹、肌腱炎、失眠、膀胱过度活跃症、新陈代谢失调、头痛、喉咙发炎、流感……我从未预料到，这支无形却令人生畏的"军队"正暗暗埋伏在我的人生道路上。它们仿佛多年来始终默默藏匿在客厅家具的背后，耐心等待最佳时机，然后突然跳出来，齐声高呼："惊喜！"

在每个人的自然生命周期中，迟早有一天一些迹象会开始显现，迫使我们改变与自己身体的关系以及根深蒂固的习惯。这些预警通常不会在三十岁之前出现，但我的情况却大不相同。

在高中的最后一段时间里，我就开始感觉到，在那个一直可靠的身体里有些东西开始吱嘎作响。在课后小型足球比赛中，我需要在场地中间停下来喘气；课间休息时，我装模作样地跟女孩们一起抽烟，却咳嗽个不停。大学的头几年，这些迹象变成了明确的信号。我的头发开始稀疏，哮喘症状恶化，对酒精的耐受度显著下降，视力变差，我不得不戴上眼镜。不仅如此，每次从大教室那些不舒服的椅子上起身，我都会不由自主地发出一声令人尴尬的"哎哟嘿"，时常引人注目。完成答辩之后，我准备去度假。与往常一样，我助跑起跳，打算打开储藏柜的门，不料却摔倒在地，导致肌肉拉伤，被迫取消了行程。我的睡眠变得不规律，入睡困难，经常夜醒，梦境不宁。我的饮食习惯也发生了巨大的变化。多年来，我一直狼吞虎咽地吃着垃圾食品和甜点，每一餐都仿佛是死囚的末日大餐。而那时，我开始出现胃酸过多、反流和胃痉挛等问题。更糟糕的是，我还发现自己对麸质过敏。

我的户外活动明显减少，健康问题正是原因之一。外出总会令我疲惫，而我对气候变化也越来越敏感。每次脱下法兰绒睡袍，冷风和湿气就会像利刃一般刺入骨缝。酷热的夏天更是难熬。惊厥、脱水和如影随形的虚弱感都令我苦不堪言。

短短几年时间，我完全变成了另一个人。曾经关于事业、人际关系和个人成就的种种希冀，如今只汇集成一种简单的期盼，就是能从令人难以忍受的腰痛中获得几分钟的宽慰，以及找到能让我至少睡上四个小时的药物。

二月的一个星期天，醒来时我欣慰地发现天已破晓。更换西酞普兰的效果不错。现在，我只需在睡前服用两滴阿普唑仑，这让我感觉自己有点像玛丽莲·梦露……太阳升起的时候，我调到一个最近发现的古典音乐电台，并打开屏幕查看图文电视①。当天最重要的新闻是又一次交通堵塞。我始终无法理解，罗马市政府究竟为什么要对市民实施这些荒谬的措施，导致整个城市陷入瘫痪。毫无疑问，从前的管理方式更好。然而，在如今这个时代，随着社会的堕落，人们很容易发现，无论在政治、交通、食物、音乐还是体育方面，过去的总是更好……一切都更简单、更真实、更令人满意，连对于更早前事物的抱怨也是如此……

嚼完一片涂有野果果酱的无麸质面包干，我打开了药箱，等待我的是一个令人不快的意外：胃酸抑制剂用完了。更糟的是，酮咯酮②只剩下两袋，腰部止痛贴也将在周末用完。我怎么会这么粗心呢？

手机响了。可它在哪儿呢？现在，即使出门我也不

---

① 这项服务通过电视屏幕为用户提供时事新闻、天气预报等咨询的信息。

② 主要用于缓解轻至中度的疼痛，如肌肉疼痛、关节疼痛、牙痛等，同时也可以用于缓解发烧和炎症。

再携带手机了，因为那个超高科技显示屏对我来说实在难以驾驭。我在一堆抗过敏药的说明书下面找到了它，上面弹出我父母的一则新动态。在阿尔卑斯山完成了一次瑜伽练习之后，@Stefy52 和 @TheRealGianni 问候着朝阳。在他们的身后有一些悬挂式滑翔机，显然他们正准备从山坡上滑翔而下。他们给这条动态加的标签有：# 你好太阳 #、# 悬挂式滑翔机 #、# 飞翔时间 # 和 # 全速前进 #。我不禁感到困惑，他们是怎么侥幸活到今天的？是什么使他们如此漠视危险，玩弄命运？听说黄蜂能飞，只是因为不知道自己的翅膀结构理论上不支持飞行，这一定是真的。恰恰相反，我可以说对自己的"翅膀结构"有着清晰的认知……

登上公交车后，我紧紧抓住扶手，向车厢中央走去。没有人好心地给我让座，再次证明教养缺失普遍存在于这座城市。

除了韦拉诺公墓和我业已十分熟悉的堂区教堂，药店成了我唯一还会造访并不认为自己在为此浪费时间的地方。

过去，我从未真正意识到它的重要性。我偶尔会去，仅仅在有需要的时候。不知为何，药店总让我感觉有些不自在，我总是低着头，只购买那些自认为非常必要的东西，就像一个少年第一次购买避孕套时那样紧张不安。

当公交车穿过尼可拉·法布里齐路路口，从我曾经就读的高中驶过时，我思索着自高中以来自己与药物关系的转变。我对药品一直抱有成见。那时候，如果有路人递给我一粒头痛药，我一定心存疑虑。可现在，我已经不买口香糖了，而总是在口袋里放一盒舒喉糖，以备不时之需。

我逐渐发现，并非所有药店都相同，有些药店更具吸引力，货品也更全面。一个决定性的差异是它们的客户群，还有陈列柜的类型和工作人员的态度。多重因素的作用下，一家在特拉斯泰韦雷大街上二十四小时营业的药店成了我的首选。也许还因为它是童年时代我父母常去的药店。漫步在那里的货架间总能让我心情愉悦。从某些方面来看，我感觉如同游走在一家专门出售高质量商品的、独特的高端食品店。它就像药店领域的"加斯特洛尼"①，提供独一无二的稀有品。而且想想吧，当你邀请客人来吃饭，突然有人惊恐发作，你恰好能为他提供新鲜购买的两毫克镇静剂，会给人留下多好的印象呀！

一股由消毒剂、婴儿食品、护肤霜和其他令人陶醉的药物混合而成的气味包围了我。它熟悉而洁净，令我立即感到宾至如归。卡洛像往常一样站在柜台后招待顾客。我从小就认识他，现在他和他的女儿一起经营这家药店。

首先我按照药单拿取所需药品，接着像往常一样停下来阅读打折药品包装上的说明……然后，我尝试在新品区域寻找一些新的助眠药品。一盒保质期到二〇二三年的必嗽平②因为新包装引起了我的兴趣。我拿起了一盒，心想："这是个好年份……"然后把它放进我的帽子里。我一直很疑惑，为什么药店不提供购物车来方便

①　Castroni，意大利一家提供各种独特和稀有商品的著名高端食品店。

②　必嗽平（Bisolvon）是一种用于治疗呼吸系统疾病的药品。

顾客呢？

"杜乔！"我走到收银台前，卡洛大声招呼道，"……我至少有一周没见你了。我还挺担心呢！"

卡洛总是用对待贵宾一般的热情欢迎我，还经常尽可能给我一些折扣。我把药单递给他，看着他像勤劳的蚂蚁一样在那些他烂熟于心的抽屉之间忙碌。"关于墓志铭，没有什么新想法吗？"他太了解我最近的困扰了。

"有一个可以作为首选的新想法，但我还在考虑。"

"是什么？"

"最后，他死了。"

"啊哈哈！不错的剧透，不过如果你不介意，我还有一个想法……"

"但说无妨。"

"卡洛的药房：特拉斯泰韦雷大街 237 号。"

"非常不错，可鉴于我已经在那头了，这未必会是好的宣传……"

"你说的也是。嗨，这个可以吗？"他无意中拿了一盒三十二粒的扑热息痛，而不是我指定的标准二十四粒装。

"当然，都不用问……"

"还需要什么？"

"刚想起来，我的碳酸氢钠快吃完了。"

"一百毫克的行吗？"

"没有半公斤的吗？"

"买这么多干吗？招待客人啊？"

"你都猜不到有多少人……对了，我们的计划有什么新进展吗？"

"正在努力，只是有点担心会失败。"

最近我发现每到我的生日，少数几个仍旧为我庆祝的人为了保险起见，总会送我一些书店和服装店的礼品券。因此，我向卡洛建议他的药店也可以推出礼品券，那绝对会是个好礼物。卡洛非常赞同这个想法，更进一步想到要推出积分卡。如果消费达到一定金额，顾客就可以换取一些奖品，比如体重秤、雾化器，甚至一套锅具……这肯定能让不少人开心。

我走在特拉斯泰韦雷大街的人行道上，去往公交车站。一些废纸被风吹起飞舞在空中，我感觉有点冷。

于是我停下来翻找口袋，打算喷一点预防呼吸道感染的喷剂，这时……

"杜乔！"一个戴着大框太阳镜的高个男人和一个女孩朝我走来。我愣在那里看着他，他笑着站在我面前。

"你到底干吗去了？"

"抱歉，我不……"

"杜乔！你在逗我吗？"他摘下太阳镜，用我熟悉的声音说道，"我是加埃塔诺啊！"

"嗨！是啊，对不起，我刚才心不在焉的，没注意到你……"

"你到底怎么了？跨年夜之后就再也没有你的消息了！你怎么总让我担心啊？"

"对不起，加埃塔诺，我正打算这几天给你打电话，但是……"

"爆炸性新闻，想听吗？"他一边说，一边搂住旁边的女孩，我这时才认出她是孔苏埃洛，"我们要结婚了！"

"什么？"

"没错！加埃塔诺·马约齐终于决定安定下来了。

你能想到吗？"

"我说不清……我……"

"你就没什么想对我说的吗？我就知道你会大吃一惊！"他大笑起来，试图让他那面无表情的女伴也加入进来，但显然只是徒劳。

"Mazal tov。"①我还无法完全理解刚刚听到的消息，只是突然有种需要赶紧告辞离开的紧迫感。

"谢谢你，杜乔，记得啊，别找任何借口，我很快会把具体信息发给你……"

"行！"我迅速结束了对话。就在这时我等的公交车准时驶来，这种准时程度是这座城市自罗马帝国以来前所未有的。

"见到你太好了！早点给我打电话！"他的声音追着我上了车。

车上很挤，我提着满手的大包小包，在每个转弯处摇摇欲坠。我真傻，居然没带购物车，我这样想着，努力把刚才那荒唐的相遇从脑海里驱逐出去，并在唐

_____

① 希伯来语，意为"恭喜"。

多罗大街的弯路上尽可能保持平衡。加埃塔诺要结婚了，这怎么可能？我不知道心里那种莫名的不悦缘何而来。

两个少年坐在一起看视频，手机的音量调得很大。我挪到他们面前，但他们傲慢地看着我，丝毫不打算起身。我用鄙视的眼神看着他们，努力不在一次次紧急刹车时摔倒。突然我发现自己已经到站了，便急忙向出口走去，告知身边的人我要下车。但在努力穿越人群的时候，我失去了平衡。狼狈倒地之前，我唯一看到的是一根被横在中间的棍子，故意想要我栽一跟头。我坐在地上，所有药品散落在四处，我听见那两个不肯让座的小混混哈哈大笑。有人帮助我站了起来，我大喊要去报警，但那两个混蛋否认了一切，并迅速跑下了公交车。一边是臀部的剧烈疼痛，一边是因为忘记购买此刻急需的扶他林而深感挫败，我就在这样的双重煎熬之中回了家。

站在门前的台阶上，我听见低沉的音乐和刺耳的笑声从公寓里传出，立刻明白了正在发生什么，无奈地打开了门。

"嗨，杜乔！"兴奋的米凯莱大喊。她邀请来共进午餐的一群朋友同时转向我。厨房像刚经历了一场洗劫，强盗们还恶作剧式地把酱汁涂在瓷砖上。

"想来点桑格利亚吗？我们自己调的！"一个女孩说道。她一边把脚搭在我座椅的扶手上，一边举起一个酒壶。壶里的桑格里亚滴在地毯上。

"非常感谢您，小姐，但这还是午饭时间……"我僵硬地回答，快步走向我的房间，顺路把在橱柜上震动着的音响音量调小。

"小姐？！"有人重复道，引发了一阵似乎无法控制的笑声。

在那疲惫的一天结束后，我前往工地赴每周之约。我们在固定的时间见面已经有一阵子了。因为之前摔的那一跤，我仍然有些虚弱。到达约定地点，他就在那里，一如往常。

想来奇怪，他从未对我说起关于他自己的任何事情，甚至连名字都没有。疼痛在我的臀部蔓延，我一边揉着一边走下小路，惊讶地发现零星几个正在工作的工人已经开始建造房屋的基础部分。同时，一座高耸的塔吊把一堆砖块提到半空，在他们头上缓缓旋转着。

"我猜你应该很高兴吧？"他发现了我，说道。

"不可思议，已经可以看到整个轮廓了！"我很是兴奋。

"是的，但这不是什么好兆头……"他的语气难以解读。

"什么意思？"

"他们像这样赶进度的话，通常意味着主管要转去另一个工地了。看着吧，他们随时会停工。"

"这太不讲理了！他们刚刚开始，怎么可以就这样离开呢？"我边抱怨边费力地拖着脚步走向围栏，但他并没有给出回答。

"发生了什么？"他注意到我跛行的步态，问道。

话题突转令我有些尴尬，一时不知如何应答。

"小年轻干的，对吧？"

我垂下脑袋，点了点头。

"别担心，我们很快就能反击……"

"什么？你真的想报复？"

"如果不在这一世……那就下辈子。"他就这样结束了对话，慢慢走开了。

第十二章

最佳信仰

在义务教育阶段所有必修学科里，我最不感兴趣的是历史。随着时间的推移，我逐渐认识到，我之所以对那无尽的日期、战争、帝国和贵族家谱兴致缺缺，归根结底，是因为历史是一个描述现实（或者我们认为的现实）的知识分支。而我总是对现实无比厌倦。也许正因为如此，我在还能自称作家的日子里，一直试图创作一些远离现实的故事。

过去的数千年中，除了意外事件，世界上并没有发生什么特别令人惊讶的事情。人类一直以最可预测的方式行事，很少从自己的错误中吸取教训。因此，几个世纪以来，人类一直在重复着同样的错误，无法改进自己，无法控制自己作为一个渴望权力的征服者的本性。

但在历史的各个时期里反复发生的事件中，最令我惊讶的无疑是宗教战争。

从远古时代起，信仰一直被人们当作引发冲突的最具破坏力的借口之一。数个世纪以来，宗教信仰一直以竞争的方式存在，就像一场比赛，甚至可以说是一场"饥饿游戏"：自己信奉的宗教必须战胜并消灭其他宗教，因为那些不信仰该宗教的人会自动被视为肮脏的异教徒，必须押上绞刑架。

十字军东征、大屠杀、集体埋葬和肢体摧残，整个群体遭到灭族或（在较幸运的情况下）被改宗。这些还不是最残酷的……

最震惊我的是，经过千百年的屠戮和无数的流血牺牲，这种恶性循环仍然没有终结，我们仍然目睹着以信仰之名施加的暴虐。

即使承认世界是由超自然力量统治的，所有现存宗教确实是在对应神明存在的前提下建立的，人们为什么还会感受到来自不同信仰的威胁，甚至不承认这些信仰有任何权威性呢？说到权威，怎么解释成千上万的无辜人士仍在以神之名遭到屠杀，而那些神祇数百年来并没有表现出相对的卓然之处呢？我的意思是，如果这些神灵中真的有一位是至高无上的，能使某一宗教地位尊崇，为什么还没有人意识到这一点呢？总之，人们怎么能因为某种至今既没有证明自己至高无上，也没有显示出任何存在迹象的事物而进行杀戮呢？

有人可能答曰"信仰之神秘深不可测"，或认为神迹（如果我们愿意这样称呼它们）只现于可见之人。还有人可能会说，对于那些无法言明的问题（比如宗教），是不可能建立一套规则来回答的。很抱歉，我并不这么认为。

周日的早晨，我拖着因为公交车上的那一跤而疼痛的身体，走在波特赛门市场，思考这些想法是多么不可接受。卖袜子的摊主和卖所谓古董（实际上可能根本不值钱）的摊主的吆喝声彼此交织，我看着人们穿梭其间，不明白为什么所有人都心甘情愿地接受了这个不解之谜。因为如果我们真想了解宗教的真相，实际上并不需要付出太多努力。为了一劳永逸地确定谁是对的，只需进行一个简单的测试。

试想一下，在一个我们能够分裂原子以及乘坐星际火箭漫游宇宙的世界里，竟然没有人决定应用科学的方法来最终确定哪个神是最可信的，这难道不令人诧异吗？

第一阶段的分析将仅限于一项简单的调查，通过对每个宗教的代表性样本进行访谈来做个统计学研究。在搜集的各类数据中，我们需要分析每个参与者在人行道上发现硬币的频率，或者他们遇到电梯故障的频率。然后，我们可以计算有多大比例的信众能在周六晚上的市中心找到停车位，在计划郊游时遇到好天气，在打折季找到心仪的毛衣，在餐馆被告知所点的菜品刚刚售罄。

第二阶段，我们将另一批样本聚集到彩票站。假设有基督徒、印度教徒、穆斯林、犹太人和佛教徒各十人，分别成组，每组投注一个五位数的彩票，然后各自一边虔诚祈祷中得大奖，一边等待开奖。

第三阶段是实验，我们选取每个宗教信仰的更大样本，请他们每一年轮流祷告，阻止尤文图斯队赢得联赛冠军，看看是否有至少一位神灵能够做到。

也许有人会反驳说，在周六晚上找到停车位，赢得金钱或是让一支球队走霉运并不是大多数神灵会关心的事情。那就来谈谈健康问题吧。我们选择一些患有高死亡率疾病的信徒组成样本，让他们在各自的教堂、庙宇和清真寺中日夜祈祷，看看最后谁能活下来。如果所有信徒都为了求生存而让各自的神忙得团团转，那一年尤文图斯就很有可能赢下欧冠……

或许有人认为，这都是无神论者或者愤世嫉俗的虚无主义者的想法。也就是说，只有已经做好准备要独自应对往生之所（假如它确实存在）的人才会这么想。这实在大错特错。

诚然，有很长一段时间，我都没有去深入思考事情的真相，也许是因为没有迫切需要给自己一个答案。但在那个时刻，我不得不去思考。这并不是因为我希望在彼岸获得某种奖赏。经历了一段令人沮丧、毫无成就感的生活之后，我对此确实没有太大的期望。但是，我也不想冒险永远停留在某个无名之地，或者更糟糕的、太过潮湿的地方。

总之，为了在错过最后时机之前明智地选择一个可倚仗的信仰，我开始着手调研。

我在一个拥挤的摊位前停下脚步。摊主是个巴基斯坦人，他在桌面上整齐地摆了两排土豆和胡萝卜，准备展示一个神奇削皮器的惊人功能。我站在那里想，也许正是我归属的宗教令我想要更清晰地理解自己应该期望什么。尽管犹太教是世界上最古老的宗教之一，源远流长，但矛盾的是，关于"彼岸"它所提供的保证最少。《托拉》对彼岸没有任何描述，也没有提及其中人物在往生后的生活。唯一的例外是挪亚的曾祖父，他活到三百六十五岁，并"进入逝者的住所"，听起来并不怎么吸引人……

犹太教的教义在这方面非常模糊，甚至常常自相矛盾。一些拉比把彼岸描述为"虚无"，并声称个人在死后不应该有任何期待。尽管大多数宗教对彼岸的美好有所承诺，但犹太教最多只能保证一种希望。这就像和一个美女约会，晚上结束的时候她"也许"会邀请你上楼……但前提是你承诺永远忠诚，即使遭到拒绝。也许，这些神秘都是一种考验，只有真正虔诚的犹太人才能得到回报。这完全符合"老大"的行事方式。为了在伊甸园、天堂或任何为那些走正路的犹太人所设计的奖励的入口处进行筛选，他选择不提供任何确定性，以便自动排除不坚定的人。如果你认为这过于冷酷，请记住我们正在谈论的这位上帝，几千年前曾要求一个人将他的儿子带到山顶，无缘无故地牺牲他，只是为了观看这场表演，并测试他是否真的会照做……

你当然可以认为我肤浅且物质，甚至虚伪和没有骨气，但在感觉生命即将结束之时，我想多获得一些保障无可厚非。而且自古以来，宗教总是由父母传给孩子，如果我碰巧信仰的是一种"错误的"宗教，为什么就应该默默接受最终化为"虚无"，而不是选择另一种提供更多保障的信仰？为什么我不能享有世界摩托车锦标赛车手的自由，在一个不太令人满意的赛季之后从川崎重工转投本田呢？为什么当我发现自己的手机套餐价格高昂，服务又很糟糕，不能换一家电信公司呢？其实宗教的运作方式跟电信公司并无二致，都向你提供某种产品，努力让你为其买单，以期让你远离他们的竞争对手。而如今，对彼岸的承诺是你应该获得的基本保障，死后能开启另一段生活就像免费短信、无限流量或接听免费一样理所应当。

在众多可选的宗教中，我首先考虑的是基督教，其实也因为我在堂区教堂参加弥撒已经好几个月了。当然，这并不意味着我已经赢得了天堂的席位，但至少也获得了一些积分……基督教最吸引我的一点是可以让人在死后拥有比现世更美好的生活。通过这种广告宣传，教会能在几个世纪里成功吸引大量"客户"是合情合理的。毫无疑问，基督教是宗教界的沃达丰①（Vodafone）。

---

① 沃达丰是总部位于英国的国际移动通信集团公司，为世界上最大的移动电信公司之一，以创新的产品和服务，以及广泛的网络覆盖而闻名。在这句中，用它比喻基督教有着广泛的"覆盖范围"和"用户基础"，以及对"客户"有吸引力的"服务"和"优惠"。

于我个人而言，真正的困扰不仅仅来自对过去所犯恶行的愧疚。如果正如许多人所说的，基督教的上帝其实就是我此前所信仰的那个"老大"，只不过换了身行头，那么这个狡猾的伪装者肯定会立刻识破我。这就类似于你为了躲避一直刁难你的教授决定换个班级，结果在开学第一天却发现讲台上的还是他，原来他正好被分配到你选择的新班级……这种情况下，他一定会让我付出代价，毕竟这样的敏感家伙绝不会放过任何一件小事。例如：整个夏天忘记给米凯莱的多肉植物浇水，却对她撒谎说它是死于某种寄生真菌；答应姐妹们一起度过滑雪季，然后假装得了黄热病；让卡洛塔相信把雪碧倒进了她丈夫的鱼缸，导致天使鱼家族灭绝的人是侄子5号……更不用提过去一年中为了避免跟朋友见面我所编造的所有谎言了。如果懒惰真的是七宗罪之一，我恐怕连在炼狱的最后一排都没有资格……

我一边沉思一边看人们围在摊位前，那个巴基斯坦人用自己的削皮器将一块萝卜雕刻成一只兔子，其精致程度连剪刀手爱德华都会羡慕。看着天真的人们纷纷准备花钱购买那个毫无用处的小玩意儿，我觉得，衰老至少可以保护我不陷进这类营销活动里……

考虑到转投一个与我现在信仰同一神明的宗教似乎不是明智之举，我开始评估其他的选择。

穆斯林称他们的天堂为"乐园"，那是一个植物葱郁、鲜花绽放的地方，四周围绕着如镜的池水和喷泉。这固然很美，但如果我真的渴望这样的地方，这些年肯定会更常去植物园走走。再者，鉴于我的过敏体质，我可不想不停地打喷嚏……伊斯兰教的极端主义也让我困惑，而且因为我对女性已经没什么兴趣了，被七十七位处女包围听起来并不十分诱人。不知道其中是否至少有几个会下国际象棋……

我意识到，唯一明确说明死后会发生什么的是那些相信存在轮回转世的宗教。基于利他主义、内心的平和与悲悯，如果我向佛教靠拢，它的信徒可能都不会皱一下眉头。问题在于我那么努力远离那些宽容到令人发指的人，如果不得不重新与他们共度尘世，实在让人头疼，更何况我不能忽视因果报应。如果每个行为确实会对我们未来的生活产生影响，那么我充其量可以转世成为一株罗勒，或者一条最终被小女孩厌倦后冲进马桶的金鱼。

　　当然，在那些历史悠久、信众众多的宗教上押宝很容易。但如果这只是一个巨大的误解呢？如果唯一真实存在的神属于一个已被大型跨国宗教集团的政治利益所压制的信仰呢？并且我非常明确自己并不渴望一个田园牧歌式的天堂，也不期待进入灵魂和谐共处的伊甸园、葱郁的乐园和绿色的山谷。对我来说，一个更简朴、更不拥挤的地方便足矣。正因为如此，我开始将注意力转向那些在人类历史中已经被遗忘甚至彻底消失的宗教信仰。然而，在经过大致的了解后我发现，这些宗教之所以消失，不是因为宣传策略失败，而是因为它们的承诺缺乏吸引力。

　　例如，在巴比伦的信仰中，人类注定要进入一个死者的王国，在那里他们被迫坐在黑暗中，以泥土和浊水为食。埃及人的说法则是为了到达彼岸，亡者必须打败恶魔，穿越火湖。最后，他们有可能被可怕的怪物阿米特吞食。北欧人将地狱描述为一个可怕的地方，灵魂像没有身体的影子迷失其中。对于印加人来说，死者的王国（Uku Pacha）是一个充满寒冷和饥饿的地方。根据印度教教义，虽然善良的人将摆脱纷扰的尘世，永远快乐地生活，但那些不那么善良的人则会遭到诅咒，被送进地狱，在那里他们会被分为二十八个类别，受到折磨，或被切成碎片，或变成相互吞噬的虫子。希腊神话中的冥界和塔尔塔罗斯也不是我在旅游推荐应用上会给出五星评价的地方……

总之，当你翻阅关于彼岸的宣传册，会发现自己似乎没有太多的选择。除了这些古老的信仰，还有一些更加难以置信的。比如：一名马来西亚农民创建的"巨大茶壶教"，起源于村庄中央广场上树立的一只巨大的茶壶，象征和平之水洒满全人类；还有"神圣鲷鱼教"，这不是某个想象力丰富的水手的诅咒，而是新几内亚一些岛屿上的土著人中发展出的一种真正的宗教，追随者只吃鱼并且崇拜一条大型白色鲷鱼。而我遇到的最荒谬的宗教大概是由曾居住在智利山区，现已灭绝的马普切人创建的"伟大河狸教"。研究者在一个古老的马普切神庙的墙上发现了他们对死后世界的描绘：死者自己站在一个岔路口，被一只巨型河狸迎接。死者可以自由选择他的路，无论他在人世的行为如何。第一条路通往一条有筏子行驶的河流，选择这条路的马普切人会安然接受死亡，永远躺在这些筏子上随达兰河平静的河水漂浮。第二条路则通往一个非常拥挤的沼泽，里面满是满身脏污的人，被迫在恐怖守卫的监视目光下铲粪。这些守卫强迫倒霉的人不停地工作，并在震耳欲聋的鼓声下建造一座巨大的宝塔，以纪念他们的啮齿动物神。所有这一切只是因为每周一次，那只巨型河狸会站在沼泽前的高地上，从一个大罐子里抽出一个幸运者的名字。这个幸运者将是数千名奴隶中唯一一个可以通过转世回到尘世的人。如果是我，肯定会毫不犹豫地选择那些筏子……

无法厘清可以选择的方向，我颇感沮丧。从波特赛门疲惫不堪地回到家，我发现电梯坏了。我对"老大"说了一句"真有趣"，然后走上了楼梯。

也许是我错了，错以为真的有一种方法可以确定应该信仰哪一种宗教。当把购买的削皮刀放回厨房抽屉的时候，我意识到唯一的可能就是碰运气。但如果我真的不能通过自己的努力改变往生后会发生的事情，至少还有一件事可以由我来决定。那就是我最后的仪式。

第十三章

葬礼

我叫杜乔·孔蒂尼，今年三十岁，刚刚离开了这个世界。也许有人会对此感到惊讶，觉得一切太过突然。还有人可能会感到内疚，责怪自己没有在我最后的时间里更多地陪伴我。别这样，放轻松，我反倒要借此机会感谢你们在过去的一年里没有过于执着地要跟我在一起。言归正传，我知道，将大家聚集在韦拉诺公墓这间小小的礼拜堂里为我举办告别仪式，可能会令你们有些不知所措。

尽管我从来不喜欢被邀请参加活动，但

我很感激你们的到来。我理解在这个时刻会有人感到悲伤，但完全不需要如此。我可以非常平静地说，我已经准备好了。事实上，我很久以前就写好了这篇稿子。当意识到结局已经无法避免，我就开始为今天做准备了。

虽然有人可能会认为，在有限的时间里，我没能完成普通人会期望的一生，但我想告诉你们，我对自己所经历的人生非常满意，没有任何遗憾。

或许你们对我只邀请少数几个人，并在如此简陋的地点举行我的告别仪式心存疑问。或许你们也会觉得，此刻面前这个朴素的胶合板棺材，以及仪式内容只有阅读这封信——种种选择都很不寻常。可我不想占用你们太多时间，并且我自认为已经说得够多了。

最后，我要感谢你们的到来，以及多年来你们尽心尽力的支持。我要发自内心地说，你们或多或少出现在我的生命，我感到非常幸运。

如果有人准备了发言，非常感谢，但说实话，我更希望你们不要这样做，以避免在这个场合不必要的喧哗。请不要误会，我不是不尊重你们的努力，只是我发现在这些场合人们的发言都很雷同，而且往往无意中抢了逝者的风头。

祝你们的归途一路顺风，同时，我建议你们避开提伯第纳公路，因为这个时间那里肯定会堵车。

哦，差点忘了：如果你们来清理我的公寓，邮箱的钥匙在电视下的抽屉里。记得月底要更换热水器的过滤器。

再见——也许可以。

杜乔

再一次读这些文字，我认为自己已经做得很好了。在我那份冗长而详细的待办清单上，如今只剩下一些细枝末节的事项尚未处理，比如支付有关公寓的最后一笔费用，取消电力合同，还有给熊猫车做一次检修。然后，我就可以完成任务彻底解脱了。

我对近来完成的一切十分满意。是的，我终于可以真正为自己骄傲一次了。作为奖励，我打算出去吃个晚饭，这样也能避免弄脏刚刚清洁好的灶台。

我小心地折好打印出来的讲稿，把它塞进一个信封，里面还有关于葬礼的其他一些要求和一个愿望：请卡洛来宣读这封信，他是最近我接触最多的人。

白日渐长，一道琥珀色的光照亮了重新开花的树木的树冠。温暖的春风轻拂着攀爬在阳台上的三角梅。黄昏将至，我正准备去赴每周的约会，那么轻松愉快，就像在漫长的一周后终于迎来了周末。那天晚上我至少可以主动发出邀请，与和我共度最近这段时光的最重要的人告别。之后，我会去蒙特维德·维吉奥区历史悠久的古罗马餐厅，尽情享用一份配马苏里拉奶酪和凤尾鱼的小面包片，丝毫不考虑胃食管反流的问题，反正我脆弱的身体也不需要再撑很久了……

但我到达时，却意外发现他打破了惯例，并没有在相同的位置等候。自从我们开始见面，他每一次都比我早到。

过去的几周里，我们的会面变得更加沉默，这也许是因为工地上的工人减少了一半，工作进展非常缓慢。那些身穿反光背心的工人表现出极度懒散，似乎失去了所有目标。某种程度上，他们出现在工地上似乎更多是出于习惯，而不是迫切需要完成已经启动的工程。但我的朋友好像对此并不惊讶，我们继续耐心地注视着工地上零零星星的活动。

走到能够俯瞰工地的那个熟悉的平台，我简直惊呆了。材料和设备都不见了。少量浇筑地基平台的水泥上覆盖着树叶和泥土。孤独的塔吊被抛弃在一边，看起来像荒漠中一条蛇的枯骨倒悬着。一切迹象指向唯一的答案：工程已经暂停了。

怎么会这样？他们怎么能这么对待我们？我们整个冬天都在支持那个项目，热情甚至超过了那些跟随自己挚爱的球队去寒冷客场比赛的球迷。不论那些看不到尽头的下午多么漫长，我们始终坚守着，直到最后一个工人离开他的岗位。

这时候，一个声音从背后传来："打扰了，请问您知道发生了什么吗？"

我转过身，看到一位白发苍苍的女士勉力支撑着一个满脸皱纹、站都站不稳的男人。我还处于震惊之中，只是用迷茫的神情回望她。

"您能听见吗？我是想问您知不知道发生了什么。他们怎么离开了呢？"她加重了语气，一边说一边挽着骨瘦如柴的同伴向我走来。

"别多管闲事！"我愤怒地嘟囔着。看着他们畏惧地转身离去，我心中不禁担心起我的朋友来。

我久久地凝视着这片凌乱的工地，它大概永远不会完工了。它被遗弃了，如同一艘没入大海深处的沉船。它是不完整的，像一个还没雕刻出腿的皮诺曹。它是残缺不全的，像一首缺失了最后三节的优美的十四行诗。

面对眼前的荒凉，一阵孤独感向我袭来，我感觉自己像是遭到全体船员背叛的船长。我放弃了晚餐的计划，沮丧地回了家。

那天晚上，先前经历的沉重打击令我精神恍惚，只是茫然地吹着碗里的星形通心粉，完全没有注意到米凯莱跟她的肌肉男一起走出了房间。我抬起头，看着她脸上尴尬的笑容，困惑无比。

"我们有个消息要告诉你。"她激动地咬着嘴唇，似乎在向我透露，肌肉男也能表达比深夜从他们房间传来的呻吟更复杂的思想或情感。

我不解地望着她，希望她能在我的通心粉凉透之前把话说清楚。

"我跟马里奥要结婚了。"她的脸红了，而马里奥（两年来我第一次听到他的名字）则看着我们，像一条完成杂技表演后期待观众反应的狗。

"什么破事，这是传染病啊……"

"什么？"

"啊……恭喜！"我说，虽然还没理解那突如其来消息的真正意义。

"下周我就搬到他那里了！"她带着一种即将独立的家族长女般的骄傲宣布，而我看到的是我的退休金化作一座冰山，在全球变暖主题的纪录片中壮观地崩塌并消融在海水之中。

"真为你们高兴，干得好，毛洛。"

"是马里奥！"

"马里奥。"

不幸的是，此时我所感到的不快与第二天的失落感相比简直微不足道。我从超市回来经过堂区教堂的时候，已经过了弥撒的时间，但我注意到庭院入口处仍有些不寻常的动静。当我看到稀稀拉拉的一群人围绕着一辆灵车时，一种可怕的预感突然转化为恐惧，紧紧攫住我的五脏六腑。极度焦虑中，我扔下购物车，跑进了礼拜堂。我经过在场的几个人来到教堂内部，然后愣住了。在已经移走棺材的台子上，两瓶忧伤的雏菊已经开始凋谢，它们围绕着一张照片——他的照片。

这就是他未能赴约的原因，我悲痛地想着。在过去几个月里，他是唯一一直陪伴我的人。他离开了，甚至没有给我一个道别的机会。我不知道到底发生了什么。我还有太多没能回报，是他阻止我在最困难的时刻放手，教会我如何生活。也许那个工地停工对他打击很大。因为在充满伤心、遗憾和时常戏弄人的机遇的生活之中，一次微小的失望有时就足以让我们彻底崩溃。

当两名殡仪工作人员移走一束可能是从其他葬礼上回收来的破旧花环时，我不禁在想，他是否预料到会有这样潦草的情景？或许，这就是他提前安排好的？

教堂里的人群渐渐散去，还沉浸在思绪中的我察觉到被某人注视。耳堂的走廊里聚集了仍留在教堂的少数人，一双隐藏在面纱后的眼睛从那里仔细打量着我。在那个穿深色衣服、手中稳稳地扶着拐杖的身影投来的目光里，我捕捉到一种熟悉的感觉。我糟糕的记忆力就像一个有故障的调制解调器，总在关键时刻掉链子，我不得不努力将它唤醒。那个女人发现我的目光后，向入口方向退去。正当她将拐杖杵在地上的一刹那，一个画面猛地闪现在我的脑海中。这就是对我制造了那场恶作剧的拐杖，而她就是那次恶意攻击的幕后黑手。我大步走向出口，想严厉地质问她。可当我走到院子里的时候，她已经消失不见了。

这怎么可能？难道是我出现了幻觉？一个年迈且腿脚不便的老妇人不可能在这么短的时间里走到街上。也许是这几个小时里发生的事令我神志不清了吧。此时，灵车启动离开了，没有任何人对此表现出关心。

回家的路上，我感觉像是失去了最后的依靠，愤怒在我心中逐渐升腾。我想，确实是时候为过去殚精竭虑的几个月画上句号并做出总结了。然而，得出的结果却与我预期的截然不同。事实是，我觉得那么孤独而无助。所有为了遵守我所信奉的原则而付出的努力，到头来只剩下一无所有的空虚感。

有什么意义呢？我一直坚持清醒和顺从，几乎成了我的个人标志，但我因此得到了什么？

没错，一切为时已晚。剩下的时间不足以让我以新的方式重新生活，不足以完成任何事。难道我真的无法做些什么来摆脱自己构建的牢笼吗？

回到家，我急忙打开有关葬礼安排的信封，重新阅读了我的发言稿。那些印在A4纸上的文字是我长时间反复精心撰写和修改的，每个单词都经过了深思熟虑。现在它们已经失去了全部意义，甚至整个葬礼亦是如此。

我花了几个月的时间梳理和处置现在及将来的各种琐事，仿佛我去世后最重要的任务就是"避免打扰"。实际上，在为那一天做准备的过程中，无端的焦虑一直伴随着我，就像那些离开酒店时总要清理自己住过的房间，以免被员工指指点点的人一样。我考虑了所有微不足道的细节，以便能够静静地告别，最大限度地减轻出席者的负担，就好像我的葬礼更多是一种打搅，而不是一个哀思的时刻。

可这不就是对一种虚假谦逊的虚伪展示吗？这难道不是对孔蒂尼家庭的生活方式的过度反应吗？他们连最微不足道的小事也要搞得轰轰烈烈，在装饰着花卉的餐桌上摆满各国风味的餐点，还为了增添异域风情而特意邀请的世界各地的宾客。是的，这是对那一系列仪式、礼节和盛大婚礼的反应，我的表亲们总是为了留下深刻印象而倾尽全力。但谁说我的离开就应该默默无闻呢？在长时间朴素和低调的生活之后，这种执念又是从何而来呢？

一个成功的葬礼应该是悲痛的、令人心碎的。它应该让吊唁宾客失去生活的欲望，失去与他人相处的欲望，甚至失去思考任何其他事情的能力。而我所设想的那个简约葬礼，只邀请了那几个人，肯定无法达到这个效果。只消几个月，它就会被遗忘，对于那少数受邀的人来说，它不会留下任何东西（除了已经被洗净并收回衣柜的床单和清洁过的冰箱）。

我何必苛刻自己呢？何必在最后的时刻还要束手束脚？那是我一生中唯一一次机会，为了获得重大成果而全力以赴。

体面而无足轻重的仪式，去你的吧！我一边想，一边撕掉了那张写满软弱的发言稿。去你的韦拉诺小礼拜堂，去你的少数人出席，还有我精心策划的那场毫无意义的闹剧。无论如何，我也想留下自己的印记。如果我不能以作家的身份被人铭记，至少要叫人对我盛大的离去难以忘怀。就在那一刻，我突然也想在手印洞穴留下自己的印迹。

答案从未如此清晰。我想要一场壮丽的典礼，谁在乎要花多少钱。我可以动用最后的积蓄，如果有必要，甚至可以卖掉我的公寓。我也想要克莱兹梅乐队和盛装出席的人。我要邀请一大群人，让他们在觥筹交错中淡化悲痛，直至深夜。我想要一场充满苦痛的狂欢，有肚皮舞女郎和杂技侏儒。去你的胶合板棺材，我想要一副帝王般的棺木。不，我其实根本不想要棺木。我要躺在石棺里。没错，我想要一场堪比法老的葬礼，让我表亲们举办的那些糟糕的婚礼都相形见绌。我想要一场能登上罗马新闻的典礼。不，我想要的不仅仅是一场普通的葬礼，而是一场派对，一个将被载入史册、让每个人终生难忘的夜晚。因为这样，他们就会记住我。为了确保葬礼能获得如此广泛的关注，米亚尼别墅是唯一合适的地点。

第十四章

一些助力

　　第二天早上，我兴奋地醒来。我把我的伯爵红茶一饮而尽，活动了一下颈椎，然后就开始列宾客名单。所有人都必须在场，甚至已经失去联系的朋友。名单上应该有我通讯录里的每个人，或者我能记起的每个人。如果我的表姐们想要通过邀请来自康涅狄格的一小群亲戚来炫耀，我不仅会邀请那些亲戚，还会要求他们带上任何想带的人。我要让这个派对与风靡阿卡普尔科的美国春假派对别无二致。

　　对于这样的场合，那种毫无新意的着装要求绝对不合适，所以我想举办一个主题葬礼，比如"八十年代""滑稽歌舞剧"，或者更传统的"里约狂欢"。我会为宾客们准备一些小礼物，也许还能为此设计几款鸡尾酒，像"超级老派""杜乔酸""葬礼戴克里"。

虽然犹太教严格禁止逝者遗体在葬礼中暴露，但毕竟那一夜的主角是我，怎么可能会有主角不现身的派对呢？也许我可以印制一些人形立板放在每个房间里，总得允许宾客在我遗体前悲伤地跟我告别吧。尽管我一生都对穿着毫不在意，最常穿的就是那两三件缩了水的毛衣，不过这次可是我挽回形象的好机会。燕尾服无疑是最合适的，为了避免不必要的开支，我可以租一套。我真想看看他们得多大胆才能取回它！

经过一番搜索，我找到了市里最好的宴会服务公司的电话。

"您好，嘉丹妮宴会服务，请问您有什么需要？"

"您好，我想办一个冷餐会。"

"当然可以，是为婚礼举办的吗？"

"不是的。"

"是洗礼吗？"

"不是。"

"生日派对还是毕业典礼？"

"也不是。"

"那是……？"

"是一场葬礼。"

"哦，"那位接线员迅速回应，"什么时间举行？"

满腔热情突然消散无踪。我之前没有没想到要筹备一场盛大的葬礼，首先得选一个日期。

春日将近，我有些不安，就像那些担心婚礼当天会下暴雨的新人一样，不过在我看来，日期并不十分重要。毕竟除了一些最后的细节，我几乎已经完全准备好了。而且我清晰地预感到，我的时日不多了。这种感觉很难解释，但凭借第六感，我知道游戏即将迎来结局。尽管如此，与临终的大象选择孤独离群不同，我并没有感到沮丧，反而准备着为孔蒂尼家族举办一场空前盛大的活动。

可我怎么能确定它会在哪天发生呢？我怎么能提前预测确切的时刻呢？一时间，各种各样的想法从脑海中闪过，包括那一个。

实际上，只有一种方法可以确保成功。并且，当终点就在眼前的时候，结束自己的生命并不算特别惊人的举动。但是，问题依然存在。

首先，自杀几乎被所有现存的宗教所谴责。尽管我已经决定不转投新的宗教，但在那个世界里，我的开局必然十分不利。此外，承认这一点颇为尴尬，我一直对身体的痛苦非常敏感。即便是从一栋建筑的窗台跳下或跃上有轨电车的轨道，虽然只会有瞬间的痛苦，但我仍然会踟蹰不前。更别说割腕流血而死了，我可是连验血都可能晕过去的。枪支也不在考虑范围内，鉴于我的瞄准能力，大概有一半的宾客会在我获得枪支许可证之前寿终正寝。

总而言之，如果我想继续筹备工作，就必须尽快找到解决方案，至少得为邀请函定好一个日期。

我的计划陷入了困境。我一定不能让它失败，毕竟我的一生中失败的计划已经够多了。作为一名作家，作为儿子，作为室友，以及作为一个年轻人，我在很多方面都没有成功，但我决不能允许任何人剥夺我那一天的荣耀。

就在那时，我幡然醒悟：如果我无法计划自己的死亡，也无法亲自执行，那么没有人能阻止我给它帮点小忙。没有任何事情可以阻止我促成它在我希望的时候到来……

我毫不犹豫地拿起电话，打给米亚尼别墅的前台。我预订了两周后一个工作日的晚上，然后要求宴会服务公司给我提供他们建议的菜单。

最后的挑战开始了：接下来的两周里，我将为那个目标全力以赴，为我三十年的人生寻找一个尽可能体面的结局。

当天晚上，我就行动起来了。睡觉前，我掀掉羽绒被，打开窗户，并第一次没有服用安眠药。第二天早上，我完全没有理会像瑞士邮递员一样准时来临的喉咙痛，径直出了门。走到门厅，我环顾四周，确定那里没有人。然后，我走向管理员存放清洁用品的储藏室，拿起写着"地板湿滑"的警示牌悄悄走出去，把它丢进了最近的垃圾箱。

造访烟草店后，我点燃一支香烟，贪婪地吸了一口，立即剧烈地咳嗽起来，一小时后才平息。准备好所有必需品，下午我就在灶台底下忙活开了。我用大钳子强行打开了煤气的安全阀。从那一刻起，只要稍有不慎就可能致命！我满意地想着，同时从橱柜里拿出一个与调料盒一模一样的罐子，往里面塞满了老鼠药。

随后我去了地下室。因为潮湿会加重我的哮喘，我已经有许多年没到这里来了。在一个大纸箱里，我找到了高中毕业那个夏天购买的露营装备。每当回想起在帐篷里所经受的寒冷和在那次噩梦般旅行中伴着风湿病症状醒来的情景，我就会不寒而栗。

在地下室入口上方有一个木质的阁楼，由于长期漏水已经腐烂，看起来随时可能崩塌。这可以完美地提高我成功的概率。正这么想着，我看到了那台旧的汤普生牌阴极射线管电视机。我不得不用一台新的超薄电视替换了它。只是因为技术更迭，那些曾经服务了意大利家庭多年的可靠家电就这么不公地遭到淘汰。我放下梯子，拎起那台沉重的电视机，随着一声"哎哟嘿"，把它举到了摇摇欲坠的阁楼上。然后我点了一根烟，在下面闲逛了几分钟。我听到了蛀虫啃食木头的声音，它们正在无意中为我的计划贡献力量……

累了一天，晚上我订了一份麦当劳的外卖。这一次我没有约束自己，选了高热量的汉堡、薯条、多种酱料，还有一份超大杯的香草奶昔。大快朵颐后没多久，我就进了浴缸。我漂浮在水中，一边听着最喜欢的古典音乐电台，一边小口喝着威士忌。我看向放在浴缸边沿的一排东西：收音机、床头灯、吹风机和电动榨汁机，电源都接在一个拉进浴室的插线板上。水轻轻摇晃着，我对这第一天的成果相当满意。但如果它不是最后一天，我知道自己必须加倍努力。

第二天，我下楼进入门厅，发现地板是湿的，激动地蹦跳着走向大门，却并没有滑倒。没关系，我想，抬头带着期望和一丝兴奋地望向车水马龙的街道。我没有按照每天早上的惯例走向人行横道，而是停下来观察。一辆接一辆的汽车从咖啡馆前呼啸而过。我拉下帽檐，看都不看就横穿过去，差点跟一辆车正面相撞。一个急刹车后，我没有听见碰撞的声音，只有刺耳的喇叭声和一个男人的吼叫。

距离成功几乎一步之遥，我的心脏怦怦直跳，继续向前走。春天已经来临，阳光温暖了街道，小鸟兴高采烈地啁啾，人们脱去厚重的外套。真是个适合离开的好日子！走到新力量党总部大楼的一角时，我从大衣口袋里掏出了犹太小帽。它可能是近几年我使用最少的物品，甚至比不上 @Stefy52 从恰帕斯旅行回来送给我的墨西哥服饰。我把它戴到头上，吹着口哨朝他们的活动室走去。门前站着两个神情呆滞的壮汉。我高声大喊："Shalom[①]！"吓了他们一跳。因为太过吃惊，他们甚至没有什么强烈反应，只是睁大了眼睛目送我离开。真可惜，下次再说吧……

下午，我把熊猫车开进修理厂保养。既然来了，我想顺便问问能否让那辆老爷车的刹车不要过于可靠，另外是否能够把挡风玻璃弄得稍微有些脏，因为它给我提供的道路视野实在是太清晰、开阔了。

一边驾驶一边查看 @TheRealGianni 的最新动态时，我在想，如果想提高成功概率，或许可以求助于药物——那些长期帮助我缓解痛苦的可靠的"朋友"。但家

---

① 希伯来语，意为"和平"。

里现有的药可能不够，当然我也不希望报纸上的标题是"死于混合服用致命剂量的缬草①制剂和感冒灵"。于是我把车停在药店门口，准备大量购买安眠药和抗凝药，当晚与起泡酒一起享用。

看到我用心脏阿司匹林②填满了购物车，卡洛问道："等等，杜乔，你这是要搞派对吗？"

"差不多吧，"我含糊其词，"……记得把下周四空出来。"

晚餐我吃了在冰箱外放了好几天的辣炒青口，然后在浴室门口的地上撒了一些油，又把一套日本刀插进了沙发的座垫中。

不幸的是，一周过去了，除了三楼的租户在门厅的地板上滑倒摔断了髋关节，并因此起诉了管理员之外，无事发生。不得不承认，我的尝试对自己没有产生任何效果。我从未想过死亡会对这么多的"示好"如此冷漠

---

① 一种在传统草药学中常用的植物，其根部被认为具有镇静和助眠的特性。在许多国家，缬草制剂被用作非处方的助眠药或轻度的焦虑解决方案。

② 可以被用来治疗心脏相关疾病的药物。

和不为所动。

我的期望逐渐黯淡。那个曾经不断提醒我时间已经耗尽的生物钟，现在似乎已经停摆。随着那个重要的时刻越来越近，我开始感到焦虑，就像我筹备了一场婚礼，却忘了自己并没有新娘。截至目前，我已经寄出了葬礼的邀请函。我甚至无法想象，如果那天我还活着，会是多么尴尬。

因此，我决定孤注一掷，把之前不敢想的方法纳入考量。接下来的一周，我尝试了极限运动、潜水、雨中越野跑、自由攀岩，甚至拉丁舞。但当这些尝试也都宣告失败，我意识到能做的只剩下最后一件了。

那个晚上，在夜色的掩护下，我来到了工地的大门前。狂风大作，乌云满天，似乎是一种不祥之兆（比如说，可能这次我依然无法结束自己的生命）。正当我注视着那个曾寄托我幻想和希冀的熟悉的大坑时，一场暴风雨突然袭来。我从购物车中取出铁钳，然后剪断面前那道曾是我们见面地点的金属围栏。雨越来越大，我从围栏下方穿过，走进那个如今已被遗忘的地方。随着我一点点靠近，我的鞋子在泥泞中也越陷越深，大风卷集着四处飘舞的落叶。一道闪电划破天空，照亮了前方的塔吊。紧接着，震天的雷声响起，连地面都被撼动。全身湿透的我开始沿着塔吊里的梯子向上攀爬。尽管不时需要停下来喘息，我还是爬到了一个自认为足够的高度，然后向下看去。站在这里，整个建筑工地看起来完全不同了。那个我们曾认为无比宏大的平台，现在不过是一块不起眼的水泥地。这就是即将迎接我的地方。有那么一瞬间，仅仅这个念头就让我浑身发抖。为了避免这种极端的解决方案，我尽了一切努力，但别无选择。从塔吊的顶部，我最后一次眺望这座城市。即使在夜晚，我也可以看到贾尼科洛山上的那些法国梧桐。童年时我就从我的小屋里望着它们，梦想着名扬世界的辉煌未来。也许，得等下辈子了吧。这不就是我一直寻找的墓志铭吗？！

也许下辈子吧。

我找到了答案，即使在最后的时刻。我在手机的备忘录里写下了那句话，希望有人能读到它。然后，我跨过防护栏，孤悬在半空中。猛烈的风暴使塔吊摇摇晃晃，我想，至少在跳下去之前，我不再需要过多地思考生活的意义了。实际上，考虑到过去几个月里我一直在思考这个问题，这种想法显得很矛盾……就在我准备一跃而下的时候，地面上有东西吸引了我的注意。在工地围栏附近有个东西。不，是个人。风暴还在城市里肆虐，而一个女人挥舞着双臂，试图阻止我跳下。她手里拿着一根白色的拐杖。

第十五章

不眠之夜

回荡在蒙特维德·维吉奥大道上的只有我们的脚步声和大喷泉的水声。我们漫无目的地走着，至少在我看来是如此。我们来到加里波第大街的尽头，向贾尼科洛山的最高处走去，从这里可以俯瞰整个城市。

"你是谁？"这是我在钻过工地的金属围栏后提出的唯一问题。那个古怪的女人戴一顶二十年代风格的钟形小礼帽，脸上罩着面纱。她向我投来的目光足以阻止我进一步提出任何问题。

暴风雨过后，星星重新出现在夜幕中。路边的积水在路灯下闪闪发光，淡淡的紫藤香气弥漫在周围。一种奇异的静谧感笼罩着空荡荡的街道。

我不再说话，裹着湿淋淋的衣服默默地与她并肩前行，就像在陌生的城市里跟随着导游那样。我用眼角余光偷偷观察她：她身穿一件有些过时的斜纹粗花呢外套，手持白色拐杖，沿着通往山顶的路向前走。她的举止精致而优雅，我难以判断她的年龄。这段路特别昏暗，我们很快就被淹没在夜色中，只剩下两个暗黑的轮廓。路的两旁各有一排意大利爱国者的半身像，它们沉默地看着我们，仿佛对我们的到来等待已久。每走一步，那种不可思议的寂静便令我愈加窒息。我决定打破它。

"我很久没来这里了。"这是我经过长时间的斟酌，能够想到的最不落俗套的一句话。但她完全忽略了它，没有做出任何反应，我甚至都无法确定自己是否开过口。

"但你应该有名字吧？"我坚持问道，然后又为自己的愚蠢而自责，恨不能切断自己的喉咙。简直难以置信，即使在我计划中生命的最后一天，与一个刚刚相识的女人交谈时，我还在习惯性地重复着过去搭讪女孩的可悲模式。在我几乎开始怀疑自己是否已经变成透明的时候，我们到达了贾尼科洛山顶的广场。我第一次看到这里空无一人。她加快了步伐，直奔露台。那里放着一门自一八四七年以来每天正午整点报时的大炮。她坐在悬崖边的矮墙上，而我却犹豫不决，不知道是应该跟随，还是在前面种种尴尬的行为后至少应该有自知之明地告辞。我没再说什么，在她身边坐了下来。她出神地看着罗马城。我开始怀疑自己面对的是一个幽灵，于是安慰起自己来，心想：我随时都可以起身回到我的塔吊，不会再受什么干扰。

"我叫阿佳达。"她打断了我的思绪。她的声音既可以属于小女孩，也可以适配上了年纪的妇人。

"我是杜乔。可是你究竟想做什么？是在跟踪我吗？为什么你会出现在那里？"我突然觉得自己像克鲁索侦探①。

"也许谈谈你为什么会在那上面更有趣。"她淡定

---

① 电影《粉红豹》（*The Pink Panther*）系列中的一个法国警探，以特有的法国口音、经常发生滑稽故事和误会著称。为了破获案件，他总是无所不用其极。

地说。

"说来话长……这么说吧，目前我没有太多选择。是你让我在公交车上摔倒的吗？"

"哪辆公交车？"她回答得让我几乎相信她对这个事件一无所知。

"算了，总之，我爬上去是因为我已经结束了。"

"结束了？"

"是的，我的尝试。也就是说，我的清单……过去的几个月，我完成了很多任务，现在终于可以收获……"

"这有什么意义？"她打断我说。

"女士，我想你可能没办法真正理解我的意思……"突然她摘下了面纱，露出完全出乎我意料的年轻容颜，把我没说完的话堵在了嘴边。

"你确定我理解不了吗？"她的微笑里带着某种暗示的意味。当我还在用 Windows 资源管理器的速度尝试消化之前的信息时，阿佳达跳下了矮墙，朝着贾尼科洛山的出口走去，继续她目的不明的漫游。"等一下！"我边喊边跟了上去，仿佛完全失去了自我意志。"你难道是想说……也就是说……你也……"我结结巴巴地说。
而加里波第则骑在他的马上，用苦恼的眼神看着我。

"我真的无法理解你这种人……"她指着拐杖说道，
"只要遇到一点小小的障碍，就爬到塔吊顶上去了。"

"可是……"

"一开始我也很迷茫……这是正常的。"我还沉浸
在震惊之中，一辆回库的公交车突然出现，照亮了前方
的道路。在那短暂的瞬间，阿佳达的脸变得格外清晰。
尽管穿得暮气沉沉，但从面容不难看出她实际上还很
年轻。

"是什么时候开始的？之前察觉到任何预兆了吗？"
但愿这是我整个晚上提出的第一个有意义的问题。

"你脑子是不是不转了？"她说道，那时我们正从圣
庞加爵门下穿过，"你大概钻进牛角尖了……你就从没
做点让自己开心的事情吗？除了爬到塔吊上……"

"你真会开玩笑……其实我还是有很多娱乐
活动……"

"准备好了吗？"她猛地打断我，在一个高档公寓的
门禁前停下了脚步，表情难以捉摸。我还没露出疑惑的

神情，她已经按下了所有的门铃。

"你疯了吗?！"我大叫着跟着她跑起来，像害怕被人发现的小偷。

身后的对讲机里传出困倦的声音时，我们已经来到夏拉别墅的入口。尽管只跑了一小段，但我们两个都已经气喘吁吁。我想要调匀呼吸，取出了我的哮喘喷雾剂。阿佳达则哈哈大笑起来，直到被一阵剧烈的咳嗽打断。我喷了一下，把药递给她用。这时，我注意到公园的大门是开着的。阿佳达看着我，表情就像小女孩看到了糖果店。我透过铁栅栏看着那被夜幕笼罩的公园。"不行。"我坚定地说，这使她看起来很不高兴。只是想想走进那里，我就吓得腿软。就在这时，阿佳达抓住了我的外套。

我们在树木的影子中缓慢前行，它们在黑暗中勾勒出不那么令人安心的形状。碎石小路几乎难以分辨，每走一步都会发出令我心惊的可疑声响。我第一次想到，也许这个女人是个小偷，可能跟坏家伙串通好了，想要谋财害命，抢走我身上那点微薄的财物。

我们走上一条阴森的小路。我发现旁边就是童年时经常玩耍的公园游乐场，但现在看起来完全是恐怖电影里的场景。这时，阿佳达把我的手紧紧握住。灌木丛里传来一阵声响，我紧张得直吞口水，身体完全无法动弹。我感觉到阿佳达的手越握越紧，如果真的遇到什么意图不轨的家伙，我能做的最勇敢的反应大概就是假装晕倒。很快我就明白这没有必要了，因为一只毛发乱蓬蓬的小狗从里面探出头来。它淡淡地打量了我们一眼，然后在灌木丛中忙开了。我如释重负地松了口气，阿佳达看着我，发出一声嘲弄的轻笑。

远处的地平线上，罗马天然气罐①的灯光闪烁着，整个城市被笼罩在夜色之中，时间仿佛停滞了。

我们坐在炮台阶梯的最高处，一群年轻人骑着摩托车出现在坡道尽头。他们在台阶上坐下，打开音响，打破了那美妙的宁静。

---

① 意大利语为 Gazometro，罗马的一个标志性建筑。在其运营期间，用于储存供应城市的天然气。如今它已被废弃，但巨大的钢结构仍然屹立在城市中，成为一个具有工业历史意义的地标。近年来，该区域经过了再开发，逐渐成为艺术、文化和夜生活的中心。

"你真的觉得你的清单上没有什么可做的了？"我们看着那群躁动的年轻人，阿佳达小声问道。

"我认为是的。你没有这样的清单吗？"

"我更愿意专注于别的事情……"

"什么？"

"积极的一面。"

"为什么？有积极的一面吗？"

"你是想说，你从来没有意识到属于这个群体有什么好处吗？"

"举例来说？"

"嗯，如果你知道如何赢得他人的尊重，那你就能有很多选择。你可以在任何地方插队，在地铁上轻而易举地获得座位，在电影院享受折扣。如果你足够聪明，甚至还可以让别人帮你买东西。在这个国家，我们才是真正拥有权力的人，你难道没发现吗？"

我叹了口气，看着下面的一个小混混像猴子一样尖声喊叫，碰倒了一个瓶子，它掉落在台阶上摔得粉碎。

"等一下。"她看到我面露不虞，就从包里拿出一个旧的诺基亚3310手机，拨了一个号码。

"这个时间，你又在给谁……"

"喂，是蒙特维德·维吉奥宪兵指挥部 ① 吗？"她变换了语调，声音听起来像年逾八旬的老太太。"……好的，您好，我姓塞拉菲尼，有几个不良分子聚集在萨菲街我们的公寓楼下，已经大喊大叫将近两个小时了，我们根本没办法休息！"我难以置信地看着她越来越激动，"……瞧瞧，我丈夫刚从窗户看到，他们还在抽大麻，你们最好赶紧采取行动，否则我明天早上就去警察局报案！"她挂断电话，我震惊地目瞪口呆。

"我们说到哪儿了？"她若无其事地问。

"我忘记了……你经常这么干？"

"只有无聊的时候……"

"你说是你觉得无聊了？"

"不是。"她笑着回答。

"你是在什么时候意识到自己是其中一员的？"我看着她放在腿上的拐杖问，"……我是说，那个群体。"

阿佳达沉思着望向城市，说道："我不知道……在

_____

① 相当于我国的片区派出所。

某个时刻发生了，就是这样。"

"你还记得之前是怎样的吗？"

"不太记得了……"她努力回想着过去的情景。

"……曾经我感觉自己无所不能。我很有才华……在某种程度上，似乎没有什么是我做不到的。但每次当我选择一条路时，我都觉得自己正在放弃所有其他的可能性……"她继续回忆着。

"……我一次次改变生活，每次都从头开始。但不知不觉中，时间就这样过去了。其实，因为害怕做出错误的选择，我什么也没有做。"她苦涩地笑着，眼眸中水雾弥漫。

我深受触动，陷入了沉默。

"你会想起以前的日子吗？"她擦了擦眼角，问道。

"偶尔，但我不认为我怀念它们。有时候我觉得事情并不会有什么不同。"

"你的意思是……"

"期望过多，压力太大。但鉴于我的家庭情况，我不知道你能不能理解……"

"你有没有想过，对一个女孩来说，可能会更加困难？"

"实话说，没有。"我才意识到她是对的。

与此同时，在台阶的那头，一辆警车开着警灯打断了那里的派对。阿佳达举起手，我们默契地击掌，然后她叹了口气。

"时间不早了，杜乔……"

"我知道，这就是我为什么要结束……"

"不是，我是说今天已经很晚了。"她看着我，又好气又好笑。

"明天还见面吗？"我带着一丝颤抖的声音问道。突然间，我发现阿佳达的脸离我仅有一掌之遥。还没弄明白发生了什么，我愣住了，像是在袜子抽屉里发现了一条蛇。在我还没能理出任何头绪的时候，她已经站起身，拄着拐杖消失在夜色中。

发生了什么？是我做梦了吗？我想不明白，明明我即将完成我的目标，又为什么会在深夜来到炮台的台阶上？那个女人是谁？她真的存在吗，还是只是我的幻觉？

天光开始发白的时候，我回到了家。我找不到答案来解释所有的疑惑。我掀起沙发的垫子，把藏在里面的刀具拿了出来，然后躺下盯着天花板。原来我并不孤单，那道墙的外面还有和我一样的人……但我可以信任他们吗？而那个女人……嗯，女孩，到底想做什么？究竟是她真的跟踪了我，还是只是偶然的相遇？所有这些问题像战场上的骑士一般争先恐后地猛烈涌上心头，但很快又被唯一能够压制它们的对手——睡意打败了。我陷入了沉睡。

我再次睁开眼睛时，惊讶地发现自己睡在沙发上，经常睡几个小时就把我疼醒的痉挛并没有出现。时钟显示的时间是 14:40。我已经记不清上一次睡这么久是什么时候了，而且我感觉精力异常充沛，身心舒畅。

我绕过浴室前的油渍，避免错拿装了老鼠药的罐子，然后把咖啡壶放到炉子上。我抬起头，心中仍然感到困惑：一束阳光从窗户中透射进来。昨晚的暴风雨过后，天空澄明如洗，一道绚烂的彩虹出现在地平线上，花朵盛开的树木圈出它的画框。我不得不承认，街道的景象竟然呈现出一片该死的祥和。到底发生了什么？我还没吃用来稳定情绪的药片呢！一个陌生女人的吻真的足以改变我对现实的感知吗？

别逗了，我跟女人已经没什么关系了！更何况，我怎么可能在那种情况下陷入一段恋情呢？这有什么意义？但最重要的是，我在瞎扯什么恋情？所有那些海市蜃楼，真的只因为一个在晚上穿得跟无声电影时代的明星一样四处闲逛的古怪女人，让我以为我们还会再次见面，就成为真实的了吗？那我得为这次约会做些什么？牺牲我之前所有的努力，只为追逐一个幻象？哼，如果那个女人以为我会在葬礼前三天，为了还残留在我身上的过时香水味而放弃一切，那她就大错特错了！我还有点儿尊严，绝不会像最俗烂的套路那样，因为一个温柔的笑容就轻易放弃。这绝不会发生，我可是杜乔·孔蒂尼啊！

不过那香水的气味真不错……

第十六章

一份动摇弃世想法的动机无序清单

教堂里的乳香味道

国际象棋

海绵拖鞋

墙纸

希腊

格里齐亚面条 ①

下雨天躺在家里的毯子下

---

① 一种在罗马地区很受欢迎的面食，主要使用猪颈肉片或熏肉、羊奶干酪制成。

雷曼兄弟三部曲

草本茶

开心果味冰淇淋

薄荷味嘉胃斯康 [1]

洗好的照片

散步

柠檬蜂蜜味喉糖

钓鱼

卡雷尔 [2] 的小说

干果

与知己共度的寂静时光

安东尼奥·莱扎的《分数 X》[3]

建筑工地

---

[1]　一种治疗胃食道反流和消化不良症状的非处方药。

[2]　指法国作家艾曼纽·卡雷尔。

[3]　安东尼奥·莱扎（Antonio Rezza）是一位意大利的演员、导演和编剧，其作品以独特的风格和表现手法著称。《分数 X》（*Fratto X*）是一部单口喜剧作品，融合了他独特的舞台语言和表现方式，展示了他对社会和人类行为的锐利观察。

药店

警匪片

拍摄证件照的小亭子

康纳利时代的詹姆斯·邦德

驾驶熊猫车开过台伯河岸

小镇的广场

铁盒装丹麦饼干

天鹅绒裤子

马可·费雷里[①] 的电影

布鲁诺里·萨斯[②] 的音乐

黑巧克力

海边的午餐

① 马可·费雷里（Marco Ferreri）是一位意大利电影导演和编剧，在二十世纪六十年代和七十年代是欧洲电影界的重要人物，以具有挑战性和争议性的作品而著称。其电影常常针对现代社会（特别是性和人类本能）的话题，提出尖锐的批评。

② 布鲁诺里·萨斯（Brunori Sas）是达里奥·布鲁诺里（Dario Brunori）的艺名。他是一位来自意大利卡拉布利亚地区的歌手和词曲创作人，出生于一九七七年，于二十一世纪初开始其音乐生涯，并很快因富有深意的歌词和动听的旋律在意大利音乐界获得了知名度。

衣柜里的薰衣草包

博物馆的礼品店

汽油味

人们摔倒的视频

艺术品电视购物

治疗干咳的必嗽平

地球仪

雨靴

气泡膜

七十年代的酒吧

想要玩耍的狗

桃子罐头

高速服务站商店里的特价 DVD

旧货市场

鱼摊

雾气

焦糖海盐味哈根达斯

设有安静区域的火车

斯科特·菲茨杰拉德的描述

关于鲨鱼的纪录片

驯鹿图案的毛衣

黑胶唱片店

马车

秋天

烛光照亮的屋子

缓解腰痛的扶他林贴

滑冰比赛

骑马雕像或纪念碑

柏·本汉的《我的隔离日记》

日出和日落

提比里纳岛

开胃菜

羊毛帽

等候室

乡村墓地

邮票

旧电话卡

葡萄园

卡里斯托酒吧的小桌子

西西里甜点

萨冯的早期作品

吕比奇的最新电影

南美文学

桌游

特拉斯提弗列的恩佐制作的提拉米苏

罗马市民默契的驾驶规则

落地灯

木质书架

无声电影的海报

栗子在火上的噼啪声

片尾字幕

费德勒的反手击球

梵高的向日葵

马蒂亚·托雷[①] 的独白

---

① 马蒂亚·托雷（Mattia Torre）是意大利著名编剧、导言、演员，以机智的讽刺和对社会问题的敏锐观察而闻名。

托蒂的挑射

米娜① 的声音

罗曼·波兰斯基的惊悚片

吉吉·普罗耶迪② 的笑话

早晨的圣科西马托广场

圣诞节期间市中心的街道

波斯地毯

冬天的海

夏天的山

橙园

阿佳达的香气

---

① 米娜·马志尼（Mina Mazzini）是意大利著名女歌手，活跃于二十世纪六十年代和七十年代，因多才多艺和独特的嗓音而闻名，被认为是意大利音乐史上最伟大的女歌手之一。

② 吉吉·普罗耶迪（Gigi Proietti）是意大利著名演员、导演、歌手和喜剧家，因喜剧才华和舞台表演而广受欢迎。

第十七章

重要的一步

在我尝试用文字回溯这一整年的过程中，最后的那段时间无疑是我记忆中最模糊的。也许的确如此，爱是最能改变我们对现实的感知的情感，或者更直接地说，我们讨论的是阿尔茨海默病……

我承认，我不曾预料到那个一直如梦境般反复浮现在脑海中的不真实的夜晚，可能预示着如此重大的改变。第二天晚上，我再次来到和阿佳达分别的台阶。在过去的几个小时里，各种各样的疑问就像挤电梯的人群一样纷纷涌入我的思绪。可当她出现的时候，所有的问题都消失了。谁知道呢，也许是我担心如果将它们宣之于口，每次见面时那种悬而未决的氛围将会荡然无存。

我们穿过整座城市，沿着鹅卵石铺成的街道漫步，去往它最幽静的角落。我们会不时停在某个教堂的台阶上或某张长椅上休息。我们或长时间沉默，或讲述过去的故事，竟发现有很多事件是相似的，甚至是同时发生的。之后的好几个晚上，我们重复着这个过程，每次回家的时间都晚得难以想象。然后，我还会坐在我的扶手椅上，笑着回忆我们的冒险经历。

就这样，我们在夜晚的罗马那些交错的阴影、喷泉和古老的废墟之间走过了无数的路程。在那些惊心动魄的玩笑和气喘吁吁的奔跑（必须依靠大剂量的苏普拉丁[①]和我的速效辛比卡特[②]）之后，我意识到那次相遇给我的计划带来了出乎意料的转折。

与阿佳达共度的时光似乎不受任何规律的限制。每次约会前的热烈期待占据了与她分开的时间里我的所有思绪，我完全把之前设定的目标抛诸脑后，尽管它曾一

---

① 　一种综合维生素和矿物质补剂。

② 　一种用于治疗哮喘和慢性阻塞性肺病的吸入式药物。

度如北极星一般指引着我。

放弃我的葬礼，或更确切地说，将它延迟一段时间，比我想象的容易得多。虽然我已经为此付出了许多努力，因而不得不将其延后会令我沮丧，但这无法盖过我渴望晚上再见到她的那种难以抑制的兴奋。几天的时间，足以彻底改变我以为已经固定下来的、即使遇到小行星撞地球也不会改变的习惯和作息。

走吧，走吧，离开这里吧

没有什么再把你捆绑

即便是这蓝色的鲜花……

伴着唱机传出的保罗·孔泰令人信服的声音，我完成了晨练。

几天前我还准备把公寓的钥匙交给中介公司，可现在它已经发生了巨大的变化。我撕掉了客厅家具上的塑料薄膜，并决定清理浴室门前的油渍。放在浴缸边的电器已经回归原处，我还合上了煤气的安全阀。接着，我整理橱柜，清除了所有装满有害物质的瓶瓶罐罐。

……走吧，走吧

　　即便这灰色的时光里

　　有你爱的音乐和她……

　　我跟着孔泰一起哼唱起来，对着门厅的镜子戴上了一副太阳镜，这让我看起来意外地显得年轻。

　　我在这间公寓里度过了大部分时间，而与阿佳达的亲密接触将我从对那墙纸的依赖中解脱出来。我突然想要走出去，为什么不呢？也该见见阳光了。

　　多么美妙，多么美妙，多么美妙

　　亲爱的

　　望好运伴你暮暮朝朝……

　　我兀自唱着，并在走出大门时对看起来有些惊讶的管理员女士眨了眨眼。

　　出于一种利他主义的冲动，我甚至重新购买了曾经偷走的警示牌。我不再关心别人的眼光，哼着这难以抗拒的旋律，沿着人行道继续前进。

那天早上出门前，我停下来观察公寓里前一晚留下的痕迹。我们用来喝塔其夫流特的杯子还放在摆着几颗棋子的棋盘边。在沙发上的毛毯下面，可以看到我们睡前看的电影《风烛泪》①（ *Umberto D* ）的 DVD 盒子。洗手池里有脏盘子和一些残羹剩菜。我做的清汤面片配苹果醋酱绝对给她留下了深刻的印象！

我在托盘里放了烤面包片、桃子果酱和红茶。把它端进房间时，阿佳达还躺在床上，一束阳光停在她的脸庞上。这是我第一次在白天看到她。就在那时，她睁开了眼睛。看到我站在那里，她露出一个如此灿烂而又出人意料的微笑，以至于我一瞬间有点想转过身去，看看这笑容的对象是不是另有其人。

---

① 一部一九五二年上映的意大利电影，由著名导演维托里奥·德·西卡（Vittorio De Sica）执导，是意大利新现实主义的代表作之一。故事围绕一个名叫翁贝托·多米尼科·费拉里（Umberto Domenico Ferrari）的退休公务员展开，他的经济状况很糟，带着他的狗弗里克在罗马的街头努力生存。这部电影描绘了"二战"后意大利普通人的艰难生活，尤其是老年人的困境。

绿灯亮起，我左右看了看，穿过马路，然后发现手机收到了一个新通知。我终于成功发布了我的第一条动态。顺便一提，为了做到这一点，我五次拨打了陌生号码，还不知不觉拍了一系列地面的照片。我没想到，一张很久以前的某次签售会上拍摄的照片能在仅仅二十四小时内获得七个赞，让我经历了一波肾上腺素大爆发。在那群小小的粉丝中我看到了 @Stefy52 和妹妹们的名字，那种感觉简直是无价的。现在，家里谁还敢说我跟不上时代的脚步？

　　连续几个月严格按照任务清单行事之后，那一天我决定放松一下。我买了一双新的运动鞋，把已经调整好刹车且胎压正常的熊猫车取了回来，然后又给阿佳达买了她喜欢的甘草棒。

　　那一周，我们也在白天约会。我们在公园里长时间散步，去那些仍然开放的影院看独立艺术电影。星期天早晨的弥撒之后，我们悄悄溜出去，在波特赛门的摊位之间逛来逛去，看看能不能发现什么有趣的东西来装饰公寓。偶尔，我们还会去参加某个葬礼以寻找灵感。阿佳达宽容地迎合了我这个小癖好，同时也提醒我不必操之过急……有一天，我向她介绍了卡洛。从那时起，我们开始定期去他的药店采购。

一天晚上，我们在市中心的一个咖啡馆里喝了杯菊花茶，然后准备回家。走到马梅利大街的尽头，我们发现一个禁止通行的标志挡在通向家的石阶前。由于例行维护，道路被关闭，突然间成了一片新的工地。我们惊讶地看着对方，就像刚刚发现了一个拥有清澈水域和洁白沙滩的未受污染的海湾。趁还来得及，我越过将我们与围栏隔开的警戒线，占据了一个靠近坡道的位置。当天剩余的时间，我们一直在这片"绿洲"上标记领地，并给这个即将成为我们秘密基地的地方起了名字。

我又开始晚上出门了。星期六，我们会去玩宾果游戏，一直玩到关门时间。有一次，我们甚至去了一个舞厅跳狐步舞。有时，我们会待在家里看伯格曼、塔可夫斯基的老电影，或者玩纸牌。我开始做一些从前认为不擅长的事情。为了给她一个惊喜，我学习了新的食谱，改进了我的拿手菜，并学会了一些颇有创意的新菜式，像粗面粉糊塔塔、清炖胡萝卜和西葫芦刺身。我改变了穿衣风格，注册了一个在线瑜伽课程，并为了消磨时间下载了抖音，尽管我还弄不明白它到底怎么用。

但在那几周里发生的最重要的事情，是我重新开始写作。阿佳达使我曾经背离的激情再度燃起。不是为了出版新的小说，这已经不那么重要了。她告诉我，一定要为自己写作，因为这是唯一重要的事情。

即使我很难找到一个出版社，愿意出版一个整天准备迎接死亡的无聊厌世者絮絮叨叨的胡言乱语，但这并不重要。我必须这么做，也是为了那些在我们之后遭遇相同境况的人，也许我可以帮助他们。但愿有人能从我的文字中得到安慰，或至少可以减轻他们的痛苦。

总之，在我距离深渊仅有一步之遥的时刻，一个女人拯救了我。你能想到吗？尽管我不知道这段关系最终会带我走向何方，但我并不急于去探求。是的，这是我一生中第一次不去考虑未来，也不再因未知而焦虑。我只知道，从这一切开始的那个早晨起，我对现实的感知从未有过如此巨变。

日子一天天过去，我逐渐开始欣赏生活中那些我曾经看不到的事物，就好像我的视野曾经受到了严重的限制。就像一棵树重新开始发芽，阿佳达的影响使我从那长久的沉睡中醒来。

刚开始重新写作的时候，我还担心会被过去的悲伤所吞噬。但现在，书稿渐渐一页页充实起来。我无法解释为什么思绪会如此迅速地涌入 Word 文档，只能认为这是某种魔法，或许我应该称之为奇迹。我会时不时地在电脑前抬起头来，看着阿佳达往花瓶里插满郁金香，或是整理书架。没有什么比她的存在更能鼓励我工作的了。我记得那段时间是我生命中最具创造力的时光，我终于能够重新审视那些曾经压倒我的困扰。

时值盛夏，初稿已经基本完成。这段时间我们一直在考虑逃离酷热的罗马。经过反复权衡各种选择后，我们决定前往葡萄牙。这将是我们第一次一起离开这座城市，我热切地期盼着那一刻。

出发的那天早上，我翻阅了小说的初稿。我无法相信，曾经我被迫放弃的唯一渴望竟能再次握在自己手中。这可能是我写过的最个人化和自传式的故事。只剩下最后一个章节，但我还没想好要如何收尾。我告诉自己，之所以尚且无法决定如何收束，是因为还不知道现实中会发生什么，要写完书中人物的命运，似乎得先等待我掌握自己的命运。但一个真正的作家必须冒一些风险，必须为他的角色选择一种命运。此外，还有书名的问题需要解决。我当然有很多想法，如：《重返生活》《新开始的黎明》《最后，是爱》，这些初拟的书名可能有些说教的意味，但或许可以帮助我找到出版商。虽然倾向于一个美好的结局，但我还是决定让大西洋的微风指引我，写出最动人心魄的终章。

为了避免不愉快的意外发生，我详细计划了我们的行程，把最壮观的目的地一一列出，并在其中穿插了一些风景如画的地方，以便我们放松身心，享受当地美食。我在互联网上订好了一系列供我们住宿的小屋，以及一个海边的露营地，能俯瞰如诗如画的海岸线。我决定在那里向她求婚。尽管我们只交往了几个月，但我认为是时候迈出下一步了。我迫不及待地想带阿佳达踏上那片沙滩，问她愿不愿意在我们回到罗马后成为我的新娘。

我记得出发的那一天，八月的艳阳尚未升起，城市已经空空荡荡。我再次检查了行李箱，然后决定把它合起来。不久之后，阿佳达就会出现在我家楼下，我们会赶在天气太热之前出发。准备出门时，我停下来又看了一眼我的公寓。这座剧场曾见证了我漫长的挣扎，似乎原本只会导向一个不可避免的结局，但现在却呈现出全新的面貌，成功地终止那场毫无意义的演出，并从其可预见的悲剧中挣脱出来。这是我一生中最惊人的胜利。等我再次看到这个过去几个月里生活的舞台时，一切都将会不同。是的，我已经准备开始人生的新篇章，不在新的挑战面前畏畏缩缩，而是决心勇敢面对。

我小心翼翼地拿着行李走下楼梯，将它放进车里，然后去地下室拿睡袋和帐篷。我转动钥匙打开门锁，找到了那个满是尘土的纸箱。刚要迈步，一个突然发出的声响令我一惊，甚至来不及抬头去看，阁楼便垮塌下来，正砸在我身上。脑海中最后的画面，是那台汤普生电视的屏幕朝着我的头坠落。

第十八章

彼岸

很遗憾，我没有在急诊室排队，也不在医院的病床上，或身处狭窄的抢救室，身边围绕着护士和药水。

我在事故后发现自己正穿过那条隧道时，不禁感觉受到了命运的愚弄。我看着前方越来越近的那束亮光，头脑中混沌不清，充斥着各种各样的想法。这一切有什么意义呢？命运开了什么冷酷的玩笑，让那该死的阁楼恰好在那一刻坍塌？最重要的是，为什么从古至今用来描述通向往生之所路途的情景，居然如此类似于从马尔撒拉街通往罗马中央火车站的地下通道？

这个时候，阿佳达可能会开始纳闷我为什么迟到，天知道她会如何得知这场悲剧……而其他人又会是什么反应呢？

手机提示音把我吓了一跳。这怎么可能呢？我从口袋里摸出了我的手机。脸书上刚刚出现了一条由加埃塔诺分享的帖子："再见，杜乔，去教天使们写最精彩的小说吧。安息。"

太糟糕了，我不仅没来得及关闭我的社交媒体账户，现在甚至还能看到人们在我的主页上的留言。更让人烦心的是，我无法删除它们。第二个通知告诉我有人在帖子下留了言，是我的高中同学安博拉。她自诩网红，但我已经有十多年没和她联系了。

"再见，杜乔，你永远在我们心中。"看看这个虚伪的女人，我正这样想着，卡洛的新评论又冒了出来。

"永别了，我最喜欢的客户♥。"够了，真的太过分了，我自言自语道，一边继续穿越那条隧道，一边关闭那些通知，这是应用程序唯一允许我做的事。

只有一个念头能让我暂时忘却不断滋长的焦躁：在深入思考选择何种宗教会为我提供最好的前景之后，我终于要得到答案了。也许在隧道的尽头，我会遇到那个

"老大"，他为了戏弄我，准备了一个惊喜派对……或者也许会有那种在正统犹太教圈子里很流行的"虚无"。如果在我嘲笑了他们一辈子之后，发现那些对禁忌极为严格的守旧派居然是对的，肯定很让人郁闷。

我从隧道出来后发现自己站在一个岔路口，而在那里出现的并不是"老大"，竟然是它。你应该可以想象我的惊讶。

当我注视着那只巨大的河狸，一度以为自己成了恶作剧捉弄的对象，也许这是一档隐蔽摄像的节目……但是谁能开得了这样的玩笑呢？当它用明显的南美语言开始与我交谈时，所有的怀疑都消失了。

"真是扯淡。"我想。原来，真正理解这一切的只有马普切人。这些不幸已经灭绝的、居住在智利山区的人，是唯一掌握世界真相的群体，还把它带进了坟墓。

虽然河狸的出现相当正式，但它似乎并不喜欢客套。我猜想，那天它应该有很多工作要处理。它毫不拖泥带水，简明扼要地介绍了我面临的选择，每个选项分别对应它身后的那些岔路。

"Da este lado podria ir……"[①] 不可思议的是，它说话时，毛茸茸的肚子上出现了意大利语字幕。

"从这边你可以去往达兰河，那里的水平静……"

"是的，是的，我可以在那平静的水上永远漂浮……"我打断了他。

河狸惊讶地盯着我。

"你怎么知道？"

"说来话长……"

"当然，但请让我完成我的工作。"它生气地说道。我继续读着字幕。

"没错，当然，我很抱歉。"

"在另一边……"它继续说道，"有一条路将引领你进入我的领域，在那里你可以追求回到你的世界。"

当然，我怎么可能忘记我读到的那个地狱般的沼泽地。在那里，数量骇人听闻的一大群人挤在一起劳作，不停地铲屎，就为建造一座没头没脑的宝塔，还要受到恐怖守卫的监视。所有这一切，只是为了有机会参加那

----

① 河狸说的是西班牙语。

每周一次的荒谬抽奖，让数百万的奴隶中唯一的灵魂有机会用死前的同一具躯体转世回到人间。

河狸不耐烦地看着我，仿佛我只是那天它要处理的众多要务之一。在我即将做出生命中——更确切地说，是死后——最重要的决定时，我回想起那漫长的一年中付出的所有努力和牺牲，最终让我来到这里。

我迎向它的目光，用表情告诉它，经历了那一切种种之后，我可不是来到这个路口准备再上一次当的人。

"我的铁锹在哪儿？"最后我问道。

娄®

出品人：许　永
责任编辑：许宗华
特邀编辑：何青泓
封面设计：墨　非
内文设计：万　雪
印制总监：蒋　波
发行总监：田峰峥

发　　行：北京创美汇品图书有限公司
发行热线：010-59799930
投稿信箱：cmsdbj@163.com